DUZHE CONGSHU

国家记忆读本

春暖花开的日子

读者丛书编辑组 / 编

读者出版传媒股份有限公司

甘肃人民出版社

图书在版编目（ＣＩＰ）数据

春暖花开的日子 / 读者丛书编辑组编. -- 兰州：
甘肃人民出版社，2019.3（2020.7重印）
（读者丛书. 国家记忆读本）
ISBN 978-7-226-05420-8

Ⅰ．①春… Ⅱ．①读… Ⅲ．①散文集－中国－当代
Ⅳ．①I267

中国版本图书馆CIP数据核字（2019）第038782号

总 策 划：马永强　李树军
项目统筹：李树军　党晨飞
策划编辑：党晨飞
责任编辑：肖林霞
封面设计：久品轩

春暖花开的日子

读者丛书编辑组　编

甘肃人民出版社出版发行
（730030 兰州市读者大道 568 号）

永清县晔盛亚胶印有限公司印刷

开本 710毫米×1000毫米　1/16　印张 15.25　插页 2　字数 226 千
2019年3月第1版　　2020年7月第5次印刷
印数：16 046~25 105

ISBN 978-7-226-05420-8　　定价：32.80元

目 录
CONTENTS

2

3

露天电影

苏 童

　　直到现在，我的记忆中还经常出现打谷场上的那块银幕。一块白色的、四周镶着紫红色边的银幕，用两根竹竿草草地固定着，灯光已经提前打在上面，使乡村寂寞漆黑的夜生活中出现了一个明亮欢快的窗口。如果你当时还匆匆行走在通往打谷场的田间小路上，如果你从城里赶过来，如果新闻简报已经开始，赶夜路的人的脚步会变得焦灼而慌张。打谷场上发亮的银幕对于他们好像是天堂的一扇窗，它打开了，一个原先空虚的无所事事的夜晚便被彻底地充实了。

　　农用拖拉机、打谷机和一堆堆草垛湮没在人海中。附近乡村的农民大多坐在前排，他们从家里搬来了长凳和小板凳，这样的夜晚他们很难得地成为特权阶层。更多的是一些像我们这样来历不明的孩子和青年，他们在人群里站着，或者在一片骂声中挤到前排，在一个本来就拥挤的空间里席地而坐，对来自身边的推搡和埋怨置之不理。电影开始了，打谷场上的嘈杂声渐渐地消失，人们熟悉的李向阳挎着盒子枪来了，梳直发的、让年轻姑娘群起效仿的游击队女党代表柯湘来了，油头粉面的叛徒王连举来了，阴险狡诈的日本鬼子松井大队长也来了……孩子们在他们出场之前就报出了他们的名字，大人让他们的孩子闭嘴，实际上这是一次人群与电影人物老友重逢的欢聚。

打谷场上的欢乐随着银幕上出现一个"完"字而收场，然后是一片混乱。有的妇女这时候突然发现自己的孩子不见了，于是尖声叫喊着孩子的名字。也有血气方刚的小伙子突然扭打在一起，引得人们纷纷躲避，一问原因，说是在刚才看电影时结了怨，谁的脑袋挡着谁的视线，谁也不肯让一让，这会儿是秋后算账了。我那会儿年龄还小，跟着邻居家的大孩子去到一个个陌生的打谷场，等到电影散场时却总是找不到他们的人影。

我记得那些独自回家的夜晚，随着人流向田间小路走，渐渐地，同行的人都折向了其他的村庄，只有我一个人走在漆黑的环城公路上。露天电影已经离你远去，这时候你才意识到回家的路是那么漫长，不安分的孩子开始为一部看过多次的电影付出代价。代价是走五里甚至十里的夜路，没有灯光，只有萤火虫在田野深处盲目地飞行着，留下一些无用的光线。有几次，我独自经过了郊外最大的坟地，亲眼看到了人们所说的鬼火（现在才知道是骨质中磷元素在搞鬼），而坟地特有的杂树乱草加深了我的恐惧。当城郊接合部稠密的房屋像山岭一样出现在我的视线里时，我觉得那些有灯光的窗口就像打谷场上的银幕，成为我新的依靠。我急切地奔向我家的窗口，就像两个小时以前奔向打谷场的那块银幕。

那不是一个美好的年代，但是在一个并不美好的年代，会出现许多美好的夜晚，使你忽略了白天的痛楚和哀伤。一切都与生命有关，而与生命有关的细节总是值得回忆的。

（摘自作家出版社《河流的秘密》一书）

乡村的电视

清河鱼

我大姨说她第一次看电视是毛主席去世那天,一伙人走了十几里路挤到一个大礼堂里,穿过了几道人墙,看到了一个方方的盒子里播音员胸戴白花一边流泪一边播报新闻。观看的人早已泣不成声,自己也一边抹眼泪一边瞧这稀罕玩意:头顶两个天牛角一样的铁棍,还一节一节的;盒子是木头做的,镶着一面凸凸的镜子——那上面怎么会有千里之外的人出现呢?模模糊糊地记得,那还是一台彩色电视哩……

若干年后,小村庄里也架起水泥杆子、扯了电线,家家户户通电了,明亮的电灯取代了火光如豆的煤油灯,夜晚变得灯火通明、亮如白昼。有一天,村里的安云家有了一台电视机。这消息让村子里的人十分兴奋,有的人彻夜难眠,纷纷拿出当年走十几里路吊唁毛主席的劲头,一股脑儿地挤到了安云家,去看一台十二英寸的黑白电视机。安云家有人在县城上班,公家人,吃商品粮,有本事,给家里搬弄来一台被城市淘汰了的电视机,这在全村老老少少的眼里可是天大的事。他们商量好了似的，全都早早吃了饭，等天一擦黑，便挤到了安云家的院子里。地窄人稠，人声鼎沸，大人孩子你呼我唤，吵吵嚷嚷，赶庙会似的。电视从屋里搬出来，坐北朝南，放在正屋的门台上，接上电，刚一打开，院子里的声音立马消失了。哭闹的孩子声音响到一半戛然而止，像断了电的喇叭，一口气没上来，憋了回去。全场鸦雀无声，眼睛齐刷刷地盯向那个闪着白点的电视荧屏上。安云家的人拨弄着那个天牛角一样的铁棍，东转、西转，倒下去、立起来，立起来、侧过去，但见屏幕上一会儿雪花飘飘，一会儿白云朵朵，一会儿乱麻一团，直看得人们如痴如醉、欲睡还醒。喇叭里嘶啦嘶啦地响。突然，屏幕上出现一个人，系着领带，端端正正地坐着，嘴一张一合地在说话，我大姨记得，就是上次在礼堂里见过的那个人。人群里"啊"的一声，无限惊奇从每个人心头掠过，弯着的腰不自觉地挺了挺。过了一会儿，电视里的人不见了，湮灭在飘飞乱舞的一片雪花中，白茫茫的很是干净。安云家的人似乎有些烦躁了，撩起袖子在额头上抹了抹，手掌就向电视使劲拍去。咦！刚才电视里的那个人就清清楚楚、利利落落地出来了——嘿，这玩意还挺有脾气，好心弄它不出来，拍打了一下就好了！安云家的人轻轻舒一口气，进屋倒了一杯水喝。电视里系领带的人突然闭口不言语了，一双眼睛静静地对着院子里无数双好奇得都不眨动一下的眼睛。字幕一串串地出现，然后一眨眼就没了。屏幕上跳出来的是一个白胡子老头，抱着一瓶白酒，大声说好啊好，电视机前的人也都跟着大声说好啊好。然后一眨眼又没了，再一眨眼，跑出来一个光着脑袋的小和尚，后面跟着一个穿着日本衣服的小姑娘——那不是人啊，那是画的小人呢。画的小人也能像人一样走动、说话，是木偶吧？人们看得张开嘴、流出口水，发出啧啧的声音。

月亮升得很高了，人们的兴致也像月亮一样只见上升，毫无下降的意思。安云家的人捧着喝水的杯子在打瞌睡，头一下碰到身旁的枣树上，清醒过来，诧异地看到满院子坐的都是人，还有人骑在墙头上，无数只眼睛里映着电视里的雪花，光光点点，一片迷离。哦，都深夜了，电视节目早结束了——安云家的人站到门台子上，嗓音略带沙哑，说：大家伙儿都回吧，啊，电视里的人也都睡觉了，大家伙儿都回吧。人群里稍有些骚动，眼睛集体眨了一下，大家以为是在驱赶他们。安云家的人有些无奈，从门台子上下来，又上去，嗓音疲惫，说：大家伙儿都回吧，不是我撵大家啊，这电视看时间长了会爆炸的，这会儿我们都不敢碰它，等你们走了，得用小棍远远地站着把它关死了……人们很有些不满，但还是恋恋不舍，一步三回头地四散回家了。

翌日，安云家的人清点了一下自家的院子，统计如下：

板凳坐坏了一个，瓷碗少了一个，木推车的腿掉了一个，门砖被踩断一块，影壁墙上留下脚印人的一个、小的 个……

等天一擦黑，人们禁不住诱惑依旧纷至沓来。街坊邻居的，安云家的人挡又不是、迎又不是，直到电视机看得怎么拨弄也不出人了，搬到县城维修，一去不回，人们方肯罢休。经历了这次新鲜，谁也坐不住了，一听说有电视节目，七乡八店、蹚泥踩浆，也要赶去看。有的人就长了志气，心里攒着一股劲：抓紧挣钱去啊，有了钱咱也买台电视机，十八英寸、带彩的！

果然，不出两年，村子里的屋顶上已经竖起了好几根电视天线，它们像一面面旗帜，昭示着拥有电视机的人家的光彩和喜悦。从此，电视成了女儿出嫁置办的最要紧的嫁妆。陆陆续续地，电视再不是稀罕物，各家各户都备齐整了。

乡亲们见面不再问：吃了没？改问：买电视了没？过了一段时间又问：换带彩的了没？女人们尤其热闹，以往，闲了没事东拉西扯，说东道西，鸡毛蒜皮，没个正经话。如今她们可有的说了：哎呀呀，你看我夜里看电视看得眼都肿了，还是舍不得关掉，哎，你说，人家刘晓庆长得怎么就那么俊俏呢！你看人家那脸，人家那腰。一边说着，一边在自己的脸上和腰上比画，越发显得她的脸宽腰粗了。另一个女人压低了声音说：哎，你看人家电视上，男的跟女的，说着说着话，抱起来就亲……声音越说越低，你一句我一句，一会儿眉飞色舞，一会儿脸色严肃，然后是一阵嘻嘻哈哈的大笑。她们指手画脚、你推我搡，话题早从电视里的稀奇事跑到谁谁家刚过门的媳妇不做饭、谁谁家的黑猪生了一窝白猪上去了。突然，其中一个一拍大腿说：你看看，你看看，我灶里还烧着火呢，前个赶集买的肉正炖呢！一个说：我去打瓶酱油啊！两个人嘴里念念叨叨，一溜烟地跑了。

看电视不单成了大人的爱好，也成了孩子最看重的"功课"，放学归来，书包一甩，拿块馒头守着电视就不离开了。大人喊：给驴割草去呀！无动于衷。又喊：去宅子上抱柴烧火去呀！无动于衷。一只脚飞起来，孩子连人带凳子应声翻倒在地上。大人怒气未消，喊道：

"你聋子呀？耳朵里塞驴毛了啊？"

孩子看电视刚看到精彩的地方，一声笑还没结束，就趴在地上了，一骨碌爬进来，见这阵势，甚是疑惑，问："爹，你叫我啊？"

"啪！"一巴掌打将过来。孩子还挂着笑的眼角骨碌碌流下泪蛋蛋，一抹鼻子，找镰刀割草去了。

孩子们走到一块儿，说起看的动画片和武打片，哼哼哈嘿，哼哼哈嘿，就模仿着电视里的动作扭打起来。玩够了，草也割够了，一起唱着电视里的歌曲，踩着飞扬的尘土回家了。歌唱得狗腔猫调的，高一声、低一声，引逗得圈里的驴仰天大叫。

夜晚的街上安静多了，电视扭开，一家人围坐着，关注着那些与己毫不相干的事、牵挂着一出悲剧里的女主角凄惨多变的命运，而忽视了身边的人、身边的事。串门的少了，往日女人们在一起的那股亲热劲也淡了。电视疏离了她们，又成了她们联系的纽带。孩子的作业荒废了不少，老师们往往花费比上课更多的时间苦口婆心地劝说学生少看电视多学习，就像今日千方百计地阻拦学生进网吧、玩电脑游戏一样。

整个社会的风气在变，变得急匆匆的，没有方向。人们手里的余钱多了，寻衅闹事的人少了；原本浓郁地弥漫在乡村上空的乡情乡味也渐渐变淡了，代之而起的是一家比一家高的电视天线杆子，显示着另外一种霸道和野蛮。窗户太暗了，拆，换成能装大玻璃的；门道太窄了，拆，砌成能安装大红铁门的；房屋太低矮逼仄了，拆，盖敞亮、高大、气派、能镇住全村人的……人心很浮躁，电视里的声色犬马、选美跳舞刺激着浮躁的人心，使其膨胀、蜕变，面目全非。我大姨已经从一个年轻的乡村教师变成一个头发花白的农村老奶奶，自从家里有了电视，一日不曾离开过它。她能跟人说出李谷一、毛阿敏的名字，唱出她们的歌，也能说出张惠妹、赵薇的名字，哼出她们的调。只是她现在手握遥控器，摁来摁去地找台，这么多卫星频道，怎么就没个好看的呢？她调到一个唱戏的频道，似乎满意了，不一会儿，却见她打起了瞌睡。一晃头，醒了，电视里广告在热闹地上演，她嘟囔道："这整天演个没完没了的，怎么也不歇会儿呢？"

　　说着，就切断电源，把电视关了。一个光彩夺目、活色生香的世界立马消失了。与之相比，现实世界却是平淡乏味、冰冷寂寞的。大姨掩了大门到邻居家串门，邻居家的电视正开着，大家说说笑笑间，早已把话题绕到电视节目里去了。她们实在不知道，除了电视还能说点啥。

（摘自《散文百家》2010年第2期）

卧 铺

阿 城

我长到快 30 岁,火车倒是坐过很多次,却没有睡过卧铺。18 岁时,去云南插队,10 年之间,来来回回都坐硬座,三天四夜下来,常常是腿肿着挪下车。因为钱要自己出,就舍不得破费去买那一个"躺"。

后来我调回北京,被分到一个常与各省有联系的大单位。一年多之后,终于被很信任地派去南方出差,自然要坐火车,既然可以报销,便买了卧铺。

心跳着进了卧铺车厢。嗬,像现代化养鸡场,一格一格的,3 层到顶。我是中铺,寻着后,蹬了鞋,一纵身,躺下了。铺短,腿屈着。爬起来,头冲里,脚又出去一块。我觉得弄清楚了,就下去找鞋。一只鞋又叫过往的人趟了。蹦跶着找齐两只鞋穿上,坐在下铺。

下铺是一个兵,头剃得挺高,脖子和脸一般粗,冲我笑笑,问:"你到哪儿?""你"说成"嫩",河南人。对面下铺一位老者听说我去南方,就说:"南方还暖和,北边儿眼瞅着冷啦。您瞧这位同志,都用上大衣了。"河南兵一笑，说："部队上发了绒衣裤，俺回家探亲，先领了大衣，神气神气。"

开车铃声响了。待了一会儿，又慢慢来了一个挺年轻的姑娘。

那姑娘拉平了声说："谁的？别放在人家这里行不行？"我把提包放在我对面的中铺上了，于是赶紧提下来，说："对不起，忘了忘了。"姑娘借着窗玻璃理了一下头发，脱掉半高跟儿鞋，上了中铺，打开书包，取出一本书，立刻就看进去了。我远远望那纸面，字条儿窄窄的，怕是诗。河南兵坐得很直，手捏成拳头放在膝盖上，脸红红地对我说："学文化哩！"

我点起一支烟。烟慢慢浮上去，散开。姑娘用手挺快地在脸前挥了挥，眉头皱起来，侧身向里，仍旧看书。河南兵对我说："你不抽烟不中？"我学着他的音儿："中。"把烟熄了。

车开了。那老者把包放在枕头里边，拉了毯了盖在身上睡下。河南兵仍旧坐得很直，我正想说什么，就听车厢过道口闹起来。河南兵伸出头去，说："敢情是俺的战友看俺来？"就站起来。我随他过去，见几个兵正跟乘务员在吵，看见河南兵，就一起说："那不？就是他，俺们还骗你来？"乘务员说："不能到卧铺乱窜。要来，一个一个地来。"那些兵就服从了。一个很敦实的兵走过来，说："俺先来，5分钟一换。"

他们这一吵，惊动了卧铺车厢的人，上上下下伸出头来，睁着眼问："怎么了？"那个结实兵一边走一边挥着手，说："没啥，没啥。俺们到俺们战友这儿来看看卧铺是个啥样子。"大家笑起来，上上下下又都缩回去。

回到铺位，我问："就买了一张卧铺？给报销？"河南兵红了脸。结实兵粗声大气地说："俺这位战友的娘才有意思来！住在铁路边儿，坐过几回火车，就是不知道卧铺是个啥样子，来信问他当了兵可是能坐卧铺？俺这位战友这回回家，硬是借了钱买了一张卧铺票坐，回去给娘学说。俺们讲说沾个光，也来望望，回去也给俺们家里人学说，显得俺们见过世面哩。"说到这里，中铺的姑娘扭动了一下，仍旧看书。河南兵赶忙说："你小声说话不中？这卧铺里的人净是学文化的，别惊动了。"结实兵这才发觉中铺躺着一个姑娘，笑着打了河南兵一拳："你小子坐卧铺不说，还守着个姑娘睡觉，看美得你！改天俺也买卧铺享受享受。"姑娘使劲动了一下。河南兵臊红了脸，说："俺正寻思着不好睡哩。你不敢乱说！"结实兵很高兴地回去了。其他的兵一个一个地来，都很仔细地瞧那个姑娘的背影，倒不像是来看卧铺的。

参观完了，河南兵显得挺累，叹一口气，从挎包里摸出一个果子，递给我说："你吃。"我急忙也拿出一个果子说："我有。"推让了一会儿，互相拿了对方的果子。我拿出一把云南的澜沧刀削起皮来。河南兵把果子用手抹了抹，一口下去，脸上鼓起一大块，呜呜地嚼着说："你这刀中，杀得人。"我吓了一跳，说："人杀不得，这是猎刀。"河南兵接过去，摸着刀面上的长圆槽，说："这不是血槽儿？扎到身子里，放血，出气，好拔出来。"我要过来，指着槽前边的一个小梅花蕊："这是放毒药的地方，捅了野兽，立时三刻就完。"河南兵又取过去，仔细看了，摇摇头："钢火比不得俺们部队上的。"我问："你有？"河南兵笑着不答话。

有闲没盐地聊了半天，都说"睡觉吧"。河南兵扯出军大衣，问我："你盖？"我说："铺上有毯子。"

上了中铺，我看那边的姑娘已不再读书，蜷起身子睡着，瞄了瞄老者，正睡得香甜。我头冲窗子躺下，感到十分舒服，觉着车顶上的灯好亮呢！

这一夜，却睡得不踏实。车一到换轨处，吱吱嘎嘎，摇摇晃晃。拐弯儿的时候，身子要从铺上滑下来，竟惊出一身冷汗，差点叫出声来。后半夜，裹紧了毯子，真有点冷。蒙蒙眬眬，一觉到天明。

一清早，正迷迷糊糊享受着卧铺，忽然被一声喊叫吓了一跳："这是谁的呀？这么大味儿！"我连忙扭头去看。只见那个姑娘半撑着身子，用拇指和食指拈起一件大衣的布领子，往外拽着。

车厢的人闻声过来好几个，睁着眼看那姑娘。那老者躺在下铺，屈着腿，不动弹，却说："姑娘家说话好听点儿！半夜看你冷，替你盖了，怎么就脏了你？总比冻着强吧？"河南兵从底下冒出来，后脖子也是红的，说：

"醒啦？大衣是俺的哩。"看热闹的人都笑起来，散回去。

我下到下铺，穿上鞋，河南兵也不看我，只是用手叠他的士兵大衣。放在枕头上，又掸，又抹。我笑着说："你的大衣有什么味儿？"河南兵也不回头，说："咋会来？兴许是他们借穿照相？那么一小会儿，不会串上味儿来！"

我抬头看了看姑娘，姑娘低了头，僵坐在中铺。女子早上没有梳洗时大约是最难看的时候。

老者不说话，只用手轻轻拍着膝盖，噘起下嘴唇儿。

我待得不自在，就拿了洗漱用具到水池去。回来一看，3个人还在那里。老者见我回来了，问："人还多吗？"我说："差不多了。"

我问河南兵："你不洗洗？"河南兵这才抬起头来："俺不洗了，俺快到了。"我说："擦一把吧，到了家，总不能灰着脸。"河南兵笑着说："到了家，痛痛快快用热水洗，娘高兴哩。"我说："也不能叫老婆看个累赘相呀。"河南兵说："哪儿来的老婆？还不知相得中相不中哩！"我说："当了兵，还不是有姑娘想跟着？"河南兵说："咋说哩！俺借钱坐卧铺，东西买少了，怕是人家不愿意哩！"老者笑着说："将来当了军官，怕啥？"河南兵看了看姑娘说："军官得有文化哩。"

姑娘正慢慢下来，歪着腰提上鞋，拿了手巾口缸洗漱去了。半天才回来，低头坐在下铺，不再看书。老者问她到哪儿，她借答话，看了一眼河南兵，又低下头去。河南兵掏出果子让大家吃。我把到手的一个转给姑娘。姑娘接了，却放在手里并不吃。我问河南兵："你的刀呢？"河南兵以为是说昨天的事，就说："武器离了部队就收，不方便哩。"老者扭脸对姑娘说："洗洗吃吧，不脏。"姑娘更埋了头，我赶忙把我的刀递过去。姑娘接了，拿在手里慢慢地削。削好，又切成几瓣儿，抬起头，朝大家笑一笑，慢慢地小口小口吃起来。

（摘自《读者》2014 年第 19 期）

手抄本

李　里

　　1975 年 5 月，正值农村夏收的季节，一年中最苦、最累、最难熬的日子。20 岁的我已有了三年的知青生活，但田间的劳作还是使我感慨"汗滴禾下土"的辛苦。那天收了午工，拖着十分疲乏的身子赤脚回家。只想尽快地吃完饭，立即倒在床上，伸展快断的腰杆，平息无由的怨气，清清静静地困一觉，以应付午后的日晒和劳作。不料，两位外公社的"知哥"已神色紧张，疲惫不堪地在村头等着我。

　　对两位不速之客，我心里很不痛快。在这农忙季节，谁有心思串门闲逛。但知青间的义气又使我不能赶他们走。无奈之下只得将他们领进我那破旧单调的小土瓦房里。年轻的杨哥见我一脸的不悦，把我肩膀一拍，边说边摸出一本软面日记本："李老弟，你看这是啥子？我们跑这么远来，就是给你看这个手抄本儿的。可你还不安逸、不高兴的样子。"

　　在那些个岁月，文化食粮闹饥荒，不像现在陈列架上有这么多琳琅满目的书册，大街小巷有这么多的书摊。当时没其他小说可看。一听说有手抄本儿，我的心就提到了嗓子眼儿，眼珠子发亮，一切困乏和不快都随之而去。我伸手去抢："什么本子？又是禁书？"杨哥把本子藏在身后，带着一脸得意和张狂的笑："先弄饭吃。我们跑了几十里路，肚儿早就饿了！"

年长的朱哥正色地说："是《第二次握手》，正宗的抄本，我刚从重庆带回邻水。听说书的作者已被抓了，全国各地查禁得很凶。昨晚上在杨那里，被人告密，公社特派员带民兵突击搜查。我们两个带着本子翻墙跑，其他三个人被弄到公社去了。看来我和杨这几天不敢落屋。你这儿山高皇帝远，想在你这里躲几天，把书抄一本下来。怎么样？我晓得你是喜欢书的人。""先给我看看，如是真的，什么条件都可以答应。"说实话，《第二次握手》是我梦寐以求想着的书，如果能抄一本，更是我巴心巴肠想干的事儿。

本子到了我手中。一翻开，那工整的隶书体的书名立刻映入眼帘：《第二次握手》——原名《归来》。那早在传闻中熟悉了的人物和名字也一个个跳出来：丁洁琼、苏冠兰、叶玉菡……我只觉眼前一片模糊的潮……

我拿出所有可吃的东西做了饭菜。吃饭时，"知哥"相聚的兴奋，有关《第二次握手》的话题，无拘无束地评是论非，那情景至今还令我感叹。那时，我们并不知道作者姓甚名谁，也无从打听。只在传说中得知他好像是一个科学家的儿子，小说写的就是他父辈的经历。我们敬佩他的胆识，仰慕他的才气，用年轻的苏冠兰的形象把他刻在了心里。

在那以后的三天三夜里，我们轮流睡觉、抄书，足不出户。几乎用光了我能写字的旧作业本和纸张，八万多字啊！同时，还耗费了我5包给生产队长以上干部准备的"红岭"牌香烟，1斤煤油，15斤大米，半斤菜油，两瓶豆瓣酱。要知道，这些东西，是我在一年艰苦的日子里全部的补给品。我没有惋惜，无怨无悔。我得到了《第二次握手》，这是我最大的收获。为此事我三天没出工，受到队长的责骂。但我还是很感激这位没文化的队长，因为他没有来盘查我们在干什么，没有大惊小怪地去公社报告说有几个知青在关着门的屋子里密谋着什么。不是他的阶级斗争觉悟不高，而是他相信我们不会干坏事。当然，按那个时代的政治标准来套，这肯定就是在干"坏事"。世上还是善良的人多些。然而朱哥的运气就没这么好了。隔了不久，就传来他出事的消息，人和抄本同时被抓，在他们公社关了十多天，追查来源和传看渠道。我提心吊胆了好一阵子，但始终没波及我，使抄本得以保存了下来。

1980 年，我在书店里买到了正式出版的《第二次握手》，这才知道了作者的大名，了解了张扬为写小说所遭遇的磨难。虽然铅印的书装帧美观、文字规范，情节更加曲折，但它始终代替不了我那手抄的、杂乱的，却又原汁原味、令人激情冲动的《第二次握手》。

手抄本静静地躺在书柜的底层，几次搬家，清理杂物都舍不得丢弃。一见到它，就勾起对抄书的回忆，就牵出一丝淡淡的惆怅。1998 年 7 月，中央电视台《读书时间》栏目专门来电邀请我去参加"20 年读书生活回顾"的专题节目。还特别嘱咐：带上手抄本原件。当节目主持人李潘问我想不想见作者张扬时，我顿时惊呆了：张扬来了?! 事先没任何人告诉我将同张扬见面。

面对眼前白发缕缕、满脸笑容，一双睿智的眼睛在镜片后闪闪发亮的张扬，只觉这是与我心目中的张扬相去甚远的张扬。我从心底里迸出一句无声的迟来的问候："张扬，您好!"

握手，同张扬握手。一双写书的手与一双抄书的手，两双不再年轻的手有了"第一次握手"。

没有料到的是，上过电视，又有了张扬亲笔签字的手抄本一下子身价倍增。有好几位不同身份的人士找上门来，要收购手抄本，最高价出到了一万元。面对求购者，我只有瞠目结舌的份儿。妻子和女儿也在一旁说："卖了吧!"可我谢绝了。一万元，对我这个只靠工薪收入的家庭来说，确实是一个不小的诱惑和刺激。可我弄不明白的是：它真的值那么多的钱？或是那么少的钱吗？

　　如今，手抄本依然安详地躺在那儿。每当夜深人静的时候，每当我独坐冥想的时候，似乎都可以听到那些纸张发出的窸窣的声响，喃喃的低语，在述说着那难以忘却的记忆，那割舍不了的情结，那无法抹去的历史的见证。

（摘自《读者》2004 年第 14 期）

远去的风琴声

刘心武

1950年冬，我随父母从四川迁来北京，插班上学成为一个问题，家附近的公立学校插不进去，只好先上私立小学，先上的那所私立小学就在我们住的胡同里，但是它因陋就简，竟然连风琴也没有。我上学的事情由母亲操办，她经过一番努力，终于把我送进了公立的隆福寺小学，那所小学离我家稍远，母亲带我去报到那天，刚进校门，就听见音乐教室里传出风琴的声音，母亲颔首微笑，她认为风琴伴着童声齐唱的地方，才是正经的小学校。

这里所说的风琴，不是手风琴、口琴，更不是管风琴，而是指那种立式的踩踏板用手指弹琴键发出声响的管簧乐器，它的外形跟钢琴很相似，但钢琴是键盘乐器，虽然也有小踏板，弹奏时是要用手指敲击琴键，但发声原理不同，乐感也不同。

那时候学生还不称教课的为老师，而是称先生。有一天放学我就随口说起："'小嘴先生'教我们唱《二月里来》啦！"我觉得那首歌很好听："二月里来好风光，家家户户种田忙，只盼着今年收成好，多打些五谷交公粮……"我在城市里长大，想象不出"种田忙"是什么景象，更不懂什么是"交公粮"，正想跟妈妈问个明白，妈妈却先批评我："不许给先生取外号！"我就辩解："又不是我给取的！同学们背地里都这么叫她，她嘴巴就是特别小嘛！"妈妈说："我记得她姓因，你就该当面背后都叫她因先生！"我就笑了："妈妈，你也咬不准人家那个姓啊！她姓英，不姓因！"我们四川人，分不清韵母 in 和 ing，一般都只发 in 的音，另外，也分不清声母 l 和 n，一般只发 l 的音。母亲虽然早年在北京生活过，但毕竟从小说的是四川话，我们全家到北京以后在家里也是讲四川话，这就使得我们的普通话虽然都讲得不错，但一遇到有这两个韵母和声母的字眼，还是难免露怯。

现在回忆起来，"小嘴先生"是一个美丽的女子。她的嘴，是名副其实的樱桃小口，有趣的是她偏会唱歌，唱的时候小嘴张得圆圆的，声音非常响亮。她总是踏着踏板弹着琴键教我们唱歌，不时扭过头来望望我们，这时我就特别注意到，她那张小嘴真的很厉害，发出的声音往往会压倒全班同学的合唱。

她有时候会让某个学生站起来独唱，不一定是把整首歌唱全，多半会让你唱几个音节，通过纠正你的唱法，来教大家把歌唱好。上到六年级的时候，有一次她点我的名，让我唱《快乐的节日》。那首歌的第一句是"小鸟在前面带路，风啊吹着我们"。我站起来，闭紧嘴，就是不唱。"小嘴先生"就问："你为什么不唱啊？"我说："要唱我就唱《我们的田野》。""小嘴先生"更惊讶："那又为什么呢？"有个同学就故意学舌："小了在前面带路！"他知道我发不好"鸟"的音。"小嘴先生"明白了，微笑地看着我，对我说："不要慌，不要怕。要敢张口，要敢咬字。对了，老早我就教过你，叫我英先生，不要叫我因先生，跟着我说，（她吐字用力而且很慢）因为、英雄、印刷、影子……这次，再跟我说，小鸟、了解、列宁、树林……"

1984 年，那时我已经成为一个作家，应邀到联邦德国访问，我带去了根据自己同名小说改编拍摄的电影《如意》的录影带。我所参加的那个活动允许我另带一部中国电影放映给大家看，我毫不犹豫地从电影局借出了谢飞导演的《我们的田野》，那是部表现中国"知青"命运的电影，以我们童年时代熟悉的歌曲《我们的田野》贯穿始终。我所带去的两部电影录影带投影放映时，观众不多，但放映后反响都不俗。就在放映《我们的田野》的过程中，我忽然忆起了忘记很久的"小嘴先生"，耳边似又响起她循循善诱的声音——"跟着我说：因为、英雄、印刷、影子……再跟我说：小鸟、了解、列宁、树林……"在异国他乡，那幻听勾起我浓酽的乡愁。

1985 年我回四川，在一个翠竹掩映的山村留宿了一夜。那个村落在丘陵最高处，村屋大多以石头作基础、竹墙糊泥刷粉、茅草作顶，室内就是泥土地面，床边桌下会拱出竹笋，看上去很美，但城里人多住几日就会感到不舒服。我借住在乡村小学的那排房子里，跟一位什么都教的山村教师同室而眠。那一夜我睡不踏实，是因为不适应，他为什么也辗转反侧、失眠许久呢？原来，第二天，会有一架风琴运到学校来，而他，兴奋之余，却又惶恐，因为他一直都是吹口琴教学生唱歌，并不会弹风琴，他曾来回走一百多里路去县城，在新华书店里买了一本教授风琴演奏法的书，书几乎已经被他翻烂，但毕竟还要在实物上实践，才能真的演奏成功啊！

现在小学校的音乐教室里，钢琴已取代风琴多年了。岁月会流逝，生命会衰老，立式风琴会式微，远去的风琴声难以复制，但那以真善美熏陶人心灵的师德，却有着永恒的光亮。

（摘自《读者》2016 年第 19 期）

词典的故事

阿 来

很多我这个年纪的人回忆起自己的青少年时代，往往会慨叹今天的青少年是多么的身在福中不知福。而且，这种感叹总是很具体地指向吃，指向穿，指向钱，都在很物质的层面，所谓的忆苦思甜。我也经历过那样困窘的生活，却不太在意那些物质层面上的比较，而是常常想起那个年代精神生活的匮乏。

比如，我上师范学校的 1978 年，全班同学都没有教材。是老师拿出"文革"前的教科书，我跟班上几个字写得比较像样的同学用了好多个晚上，熬夜刻写蜡纸，油印了装订出来，全班人手一册，作为教科书用。

我出生在一个偏僻的小山村里，上的是两个班合用一个教室、一个教师的复式教学的小学。快读完小学了，不要说现在孩子们多得看不过来的课外书与教辅书，我甚至还没有一本小小的字典或词典。那时，我是多么渴望自己有学问啊，我觉得世界上所有学问就深藏在张老师那本翻卷了角的厚厚的词典中。小学快毕业了，学校组织大家到 15 公里外的刷经寺镇上去照毕业照片。这个消息早在一两个月前，就由老师告诉我们了。然后，我们便每天盼着去那个当时对我们来讲意味着远方的小镇。虽然此前我已经跟着父亲去过一两次，也曾路过那镇上唯一的一家照相馆，但我还是与大家一样热切地盼望着。星期天，我照例要上山去，要么帮助舅舅放羊，要么约了小伙伴们上山采药或打柴。做所有这些事情都只需要上到半山腰就够了。但是这一天，有人提议说，我们上到山顶去看看刷经寺吧。于是，大家把柴刀与绳子塞进树洞，气喘吁吁地上了山顶。那天阳光朗照，向西望去，在 15 公里之外，在逐渐融入草原的群山余脉中间，一大群建筑出现了。这些建筑都簇拥在河流左岸的一个巨大的十字街道周围。十字街道交会的地方有小如甲虫的人影蠕动，这些人影上面，有一面红旗在迎风飘扬。大家都没有说话，大家都好像听到了那旗帜招展的声响。我们中有人去过那个镇子，也有人没有去过，但都像熟悉我们自己的村庄一样熟悉这个镇子的格局。

不久以后，十几个穿上新衣服的孩子，一大早便由老师带着上路了。将近中午时分，我们这十几个手脚拘谨、东张西望的乡下孩子便顶着高原的强烈阳光，走到镇上人漠然的目光中和镇子平整的街道上了。第一个节目是照相。前些天，中央电视台《人物》栏目来做节目，我又找出了那张照片。照片上那些少年伙伴都跟我一样，瞪大了双眼，显出局促不安、又对一切都感到十分好奇的样子。照完相走到街上，走到那个作为镇子中心的十字路口，一切正像来过这个镇子与没有来过这个镇子的人都知道的一样，街道一边是邮局，一边是百货公司，一边是新华书店。街的中心，一个水泥基座上高高的旗杆上有一面国旗，在晴朗的天空下缓缓招展。再远处是一家叫作人民食堂的饭馆。我们一群孩子坐在旗子下面的基座上，向东望去，可以看到我们曾经向西远望这个镇子时的那座积雪的山峰。太阳照在头顶，我们开始出汗。我插在衣袋里的手也开始出汗，手上的汗又浸湿了父亲给我的一元钱。父亲把吃饭与照相的钱都给了老师，又另外给了我一元钱。这是当时我可以自由支配的最大的一笔钱。我知道小伙伴们每人出汗的手心里都有一张小面额的钞票，比如我的表姐手心里就攥着5毛钱。表姐走向了百货公司，出来时，手里拿着许多五颜六色的彩色丝线。而我走向了另一个方向的新华书店。书店干净的木地板在脚下发出好听的声音，干净的玻璃柜台里摆放着精装的毛主席的书，还有马克思、列宁的书。墙壁上则挂满了他们不同尺寸的画像，以及样板戏的剧照。当然，柜子里还有一薄本一薄本的鲁迅作品，再加上当时流行的几部小说，这就是那时候新华书店里的全部了，不像今天走进上千平方米的大型书城里那种进了超市一样的感觉。我有些胆怯地在那些玻璃柜台前轻轻行走，然后，在一个装满了小红书的柜台前停了下来。因为我一下就把那本书从一大堆毛主席的语录书中认了出来。

那本书跟语录书差不多大小，同样的红色，同样的塑料封皮。但上面几个凹印的字却一下撞进了眼里：汉语成语小词典。我把攥着一块钱人民币的手举起来，嘴里发出了很响的声音："我要这本书！"

书店里只有我和一个伙伴，还有一个营业员。

营业员走过来，和气地笑了："你要买书吗？"

我一只手举着钱，一只手指着那本成语词典。

但是，营业员摇了摇头，她说："我不能把这书卖给你。买这本书需要证明，证明你来自什么学校，是干什么的。"我说自己来自一个汉语叫马塘，藏语叫卡尔古的小学，是那个学校的五年级学生。她说那你有证明都不行了，"这书不卖给学生，再说你们马塘是马尔康县的，刷经寺属于红原县。你要到你们县的书店去买。"我的声音便小了下去，我用自己都不能听清的小声音说了一些央求她的话，但她依然站在柜台后面坚决地摇着头。然后，我的泪水便很没有出息地下来了。因为我心里的绝望，也因为恨我自己不敢大声表达自己的想法。

父亲性格倔强，他也一直要我做一个坚强的孩子，所以我差不多没有在人前这样流过眼泪。但我越想止住眼泪，这该死的液体越是酣畅地奔涌而出。营业员吃惊地看着我，脸上露出了怜悯的表情。

她说："你真的这么喜欢这本书？"

"我从老师那里看见过，我还梦见过。"

现在，这本书就在我面前，但是与我之间，却隔着透明但又坚硬冰凉的玻璃，比梦里所见还要遥不可及。

营业员脸上显出了更多的怜悯，这位阿姨甚至因此变得漂亮起来。她说："那我要考考你。"

我看到了希望，便擦干了眼泪。她说了一个简单的成语，要我解释。我解释了。她又说了一个，我又解释了。然后，她的手越出柜台，落在我的头顶，深深地叹了口气，说："不容易，一个乡下的孩子。"然后便破例把这本小书卖给了我。从此，很长一段时间，我像阅读一本小说一样阅读这本词典；从此，我有了第一本自己的藏书；从此，我对于任何一本好书都怀着好奇与珍重之感。而今天，看到新一代的青少年面对日益丰富的精神食粮，好奇心却完全表现在与知识无关的地方，心里真有一种痛惜之感。如果在这样优越的条件下，面对丰富的精神食粮，我们却失去了好奇与珍重之心，即使社会的物质生活丰裕，我也觉得仍然像生活在精神一片荒芜的 20 多年前。

（摘自《读者》2012 年第 2 期）

玻璃匠和他的儿子

梁晓声

　　20 世纪 80 年代以前，城市里总能见到这样一类游走匠人——他们背着一个简陋的木架街行巷现，架子上分格装着些尺寸不等、厚薄不同的玻璃。他们一边走一边招徕生意："镶——窗户！镶——镜框！镶——相框!"

　　他们被叫作"玻璃匠"。

　　有时，人们甚至直接这么叫他们："哎，镶玻璃的!"

　　他们一旦被叫住，就有点儿钱可挣了。或一角，或几角。总之，除了成本，也就是一块玻璃的原价，他们一次所挣的钱，绝不会超过几角去。一次能挣五角钱的活，那就是"大活"了。他们一个月遇不上几次大活的。一年四季，他们风里来雨里去，冒酷暑，顶严寒，为的是一家人的生活。他们大抵是些由于这样或那样的原因而被拒在"国营"体制以外的人。按今天的说法，是些当年"自谋生路"的人。有"玻璃匠"的年代，城市百姓的日子普遍都过得很拮据，也便特别仔细。不论窗玻璃裂碎了，还是相框玻璃或镜子裂碎了，那大块儿的，是舍不得扔的。专等玻璃匠来了，给切割一番，拼对一番。要知道，那是连破了一只瓷盆都舍不得扔专等铜匠来了给铜上的穷困年代啊！

玻璃匠开始切割玻璃时，每每都吸引不少好奇的孩子围观。孩子们的好奇心，主要是由玻璃匠那一把玻璃刀引起的。玻璃刀本身当然不是玻璃的，刀看去都是样子差不了哪儿去的刃具，像临帖的毛笔，刀头一般长方而扁，其上固定着极小的一粒钻石。玻璃刀之所以能切割玻璃，完全靠那一粒钻石。没有了那一粒小之又小的钻石，一把新的刀便一钱不值了。玻璃匠也就只得改行，除非他再买一把玻璃刀。而从前一把玻璃刀一百几十元，相当于一辆新自行车的价格。对于靠镶玻璃养家糊口的人，谈何容易！并且，也极难买到。因为在从前，在中国，钻石本身太稀缺了。所以从前中国的玻璃匠们，用的几乎全是从前的也即解放前的玻璃刀，大抵是外国货。解放前的中国还造不出玻璃刀来。将一粒小之又小的钻石固定在铜的或钢的刀头上，是一种特殊的工艺。

可想而知，玻璃匠们是多么爱惜他们的玻璃刀！与侠客对自己兵器的爱惜程度相比，也是不算夸张的。每一位玻璃匠都一定为他们的玻璃刀做了套子，像从前的中学女生总为自己心爱的钢笔织一个笔套一样。有的玻璃匠，甚至为他们的玻璃刀做了双层的套子。一层保护刀头，另一层连刀身都套进去，再用一条链子系在内衣兜里，像系着一块宝贵的怀表似的。当他们从套中抽出玻璃刀，好奇的孩子们就将一双双眼睛瞪大了。玻璃刀贴着尺在玻璃上轻轻一划，随之出现一道纹，再经玻璃匠的双手有把握地一掰，玻璃就沿纹齐整地分开了，在孩子们看来那是不可思议的……

我的一位中年朋友的父亲，便是从前年代的一名玻璃匠，他的父亲有一把德国造的玻璃刀。那把玻璃刀上的钻石，比许多玻璃刀上的钻石都大，约半个芝麻粒儿那么大。它对于他的父亲和他一家，意味着什么不必细说。

有次我这位朋友在我家里望着我父亲的遗像，聊起了自己曾是玻璃匠的父亲，聊起了他父亲那一把视如宝物的玻璃刀。我听他娓娓道来，心中感慨万千！

他说他父亲一向身体不好，脾气也不好。他10岁那一年，他母亲去世了，从此他父亲的脾气就更不好了。而他是长子，下面有一个弟弟一个妹妹。父亲一发脾气，他就首先成了出气筒。年纪小小的他，和父亲的关系越来越紧张，也越来越冷漠。他认为他的父亲一点儿也不关爱他和弟弟妹妹。他暗想，自己因而也有理由不爱父亲。他承认，少年时的他，心里竟有点儿恨自己的父亲……

有一年夏季，他父亲回老家去办理他祖父的丧事。父亲临走，指着一个小木匣严厉地说："谁也不许动那里边的东西！"——他知道父亲的话主要是说给他听的。同时猜到，父亲的玻璃刀放在那个小木匣里了。但他也毕竟是个孩子啊！别的孩子感兴趣的东西，他也免不了会对之产生好奇心呀！何况那东西是自己家里的，就放在一个没有锁的、普普通通的小木匣里！于是父亲走后的第二天他打开了那小木匣，父亲的玻璃刀果然在内。但他只是将玻璃刀从双层的绒布套子里抽出来欣赏一番，比画几下而已。他以为他的好奇心会就此满足，却没有。第三天他又将玻璃刀拿在手中，好奇心更大了，找到块碎玻璃试着在上边划了一下，一掰，碎玻璃分为两半，他就觉得更好玩了。以后的几天里，他也成了一名小玻璃匠，用东捡西拾的碎玻璃，为同学们切割出了一些玻璃的直尺和三角尺，大受欢迎。然而最后一次，那把玻璃刀没能从玻璃上划出纹来，仔细一看，刀头上的钻石不见了！他这一惊非同小可，心里毛了，手也被玻璃割破了。他怎么也没想到，使用不得法，刀头上那粒小之又小的钻石，是会被弄掉的。他完全搞不清楚是什么时候掉的，可能掉在哪儿了。就算清楚，又哪里会找得到呢？就算找到了，凭他，又如何安到刀头上去呢？他对我说，那是他人生中所面临的第一次重大事件。甚至，是唯一的一次重大事件。以后他所面临过的某些烦恼之事的性质，都不及当年那一件事严峻。他当时可以说是吓傻了……由于恐惧，那一天夜里，他想出了一个卑劣的办法——第二天他向同学借了一把小镊子，将一小块碎玻璃在石块上仔仔细细捣得粉碎，夹起半个芝麻粒儿那么小的一个玻璃碴儿，用胶水黏在玻璃刀的刀头上了。那一年是 1972 年，他 14 岁……

30 余年后，在我家里，想到他的父亲时，他一边回忆一边对我说："当年，我并不觉得我的办法卑劣。甚至，还觉得挺高明。我希望父亲发现玻璃刀上的钻石粒儿掉了时，以为是他自己使用不慎弄掉的。那么小的东西，一旦掉了，满地哪儿去找呢？既找不到，哪怕怀疑是我搞坏的，也没有什么根据，只能是怀疑啊！"他的父亲回到家里后，吃饭时见他手上缠着布条，问他手指怎么了？他搪塞地回答，生火时不小心被烫了一下。父亲没再多问他什么。

翌日，父亲一早背着玻璃箱出门挣钱去。才一个多小时后就回来了，脸上阴云密布。他和他的弟弟妹妹吓得大气儿都不敢出一口。然而父亲并没问玻璃刀的事，只不过仰躺在床，闷声不响地接连吸烟……

下午，父亲将他和弟弟妹妹叫到跟前，依然阴沉着脸但却语调平静地说："镶玻璃这种营生是越来越不好干了。哪儿哪儿都停产，连玻璃厂都不生产玻璃了。玻璃匠买不到玻璃，给人家镶什么呢？我要把那玻璃箱连同剩下的几块玻璃都卖了。我以后不做玻璃匠了，我得另找一种活儿挣钱养活你们……"

他的父亲说完，真的背起玻璃箱出门卖去了……

以后，他的父亲就不再是一个靠手艺挣钱的男人了，而是一个靠力气挣钱养活自己儿女的男人了。他说，以后他的父亲做过临时搬运工；做过临时仓库看守员；做过公共浴堂的临时搓澡人，居然还放弃一个中年男人的自尊，正正式式地拜师为徒，在公共浴堂里学过修脚……

而且，他父亲的暴脾气，不知为什么竟一天天变好了，不管在外边受了多大委屈和欺辱，再也没回到家里冲他和弟弟妹妹宣泄过。那当父亲的，对于自己的儿女们，也很懂得问饥问寒地关爱着了。这一点一直是他和弟弟妹妹们心中的一个谜，虽然都不免奇怪，却并没有哪一个当面问过他们的父亲。

到了我的朋友 34 岁那一年，他的父亲因积劳成疾，才六十多岁就患了绝症。在医院，在曾做过玻璃匠的父亲的生命之烛快燃尽的日子里，我的朋友对他的父亲孝敬倍增。那时，他们父子的关系已变得非常深厚了。一天，趁父亲精神还可以，儿子终于向父亲承认，二十几年前，父亲那一把宝贵的玻璃刀是自己弄坏的，也坦白了自己当时那一种卑劣的想法……

不料他父亲说："当年我就断定是你小子弄坏的！"

儿子惊讶了："为什么，父亲？难道你从地上找到了……那么小那么小的东西啊，怎么可能呢？"

他的老父亲微微一笑，语调幽默地说："你以为你那种法子高明啊？你以为你爸就那么容易骗呀？你又哪里会知道，我每次给人家割玻璃时，总是习惯用大拇指抹抹刀头。那天，我一抹，你黏在刀头上的玻璃碴子扎进我大拇指肚里去了。我只得把揣进自己兜里的五角钱又掏出来退给人家了。我当时那种难堪的样子就别提了，那么些大人孩子围着我看呢！儿子你就不想想，你那么做，不是等于要成心当众出你爸的洋相吗？"

儿子愣了愣，低声又问："那你，当年怎么没暴打我一顿？"

他那老父亲注视着他，目光一时变得极为温柔，语调缓慢地说："当年，我是那么想来着。恨不得几步就走回家里，见着你，掀翻就打。可走着走着，似乎有谁在我耳边对我说，你这个当爸的男人啊，你怪谁呢？你的儿子弄坏了你的东西不敢对你说，还不是因为你平日对他太凶吗？你如果平日使他感到你对于他是最可亲爱的一个人，他至于那么做吗？一个 14 岁的孩子，那么做是容易的吗？换成大人也不容易啊！不信你回家试试，看你自己把玻璃捣得那么碎，再把那么小那么小的玻璃碴黏在金属上容易不容易？你儿子的做法，是怕你怕的呀！……我走着走着，就流泪了。那一天，是我当父亲以来，第一次知道心疼孩子。以前呢，我的心都被穷日子累糙了，顾不

028 ·

上关怀自己的孩子们了……"

"那，爸你也不是因为镶玻璃的活儿不好干了才……"

"唉，儿子你这话问的！这还用问吗？"

我的朋友，一个 34 岁的儿子，伏在他老父亲身上，无声地哭了。

几天后，那父亲在他的两个儿子一个女儿的守护之下，安详而逝……

我的朋友对我讲述完了，我和他不约而同地吸起烟来，长久无话。

那时，夕照洒进屋里，洒了一地，洒了一墙。我老父亲的遗像，沐浴着夕照，他在对我微笑。他也曾是一位脾气很大的父亲，也曾使我们当儿女的都很惧怕。可是从某一年开始，他忽然判若两人，变成了一位性情温良的父亲。

我望着父亲的遗像，陷入默默的回忆——在我们几个儿女和我们的老父亲之间，想必也曾发生过类似的事吧？那究竟是一件什么事呢？——可我却没有我的朋友那么幸运，至今也不知道。而且，也不可能知道了，将永远是一个谜了……

（摘自《海燕》2004 年第 4 期）

木 匠

于 坚

多年前，木匠还在昆明的大街小巷出没。木匠们总给我一种来自明朝的感觉，对我来说，明朝就是家具。明式家具的光辉穿越清朝和民国，一直刨花飞溅，直到我所处的时代才寿终正寝。其实我童年时期看到许多木匠做普通家具，那都是明朝的遗传，因为那种家具朴素、实用又妙不可言，有着民间立场。清式家具在民间流行不起来，因为烦琐富贵，隐喻太复杂。

如今越来越难得见到木匠了，所有的床都来自流水线，那不是床，是睡觉的工具。曾经家具还没有产业化生产，打家具这件事具体得很，木匠要深入到每个家庭，不但要拿工资，还要住到你家里。那时候我正要结婚，买好了料子，就到街上去找木匠。我转了两条街，就看见木匠站在街口，已经撸起了袖子，仿佛从天而降。两兄弟，来自浙江绍兴，长得美好，英姿勃勃，神情像羊。信任感油然而生，满大街的陌生人，不信任木匠你信任谁，他们是森林边上的人。

那时候的人还不会漫天要价，这两兄弟要的工资我付得起，他们善解人意，要的工钱也就是够他们与雇主一样过着差不多的、有尊严的生活。说好了，就背起箱子跟着我走。我家当然没地方给他们住，新房只有一间，存上料子就占了大半，没有地方打家具的。我住的大院里有一个临时搭建的棚子，里面支着几张床和马扎。大家管这个棚子叫木匠房。两兄弟从另一处搬来行李，就在木匠房里住下来。我买的料子是柚木板子，松木方。我要打的是三门柜、床、书架、床头柜、桌子什么的，也就七八样。木匠说，要打一个月。

木料是我父亲在瑞丽买的，装了半卡车运到昆明。木匠看看我的料子，说这料子太硬，难改，但并不要求增加工钱。从工具箱里取出凿子，摆好磨石，将墨汁倒进墨斗，在板子上弹出一条线，这兄弟俩亮开膀子就锯开了，你拉我推，锯片迅速发热，锯末一堆堆吐出来。他们喜欢好木头。"这个料子好，这个料子好。"他们边锯边说。然后木匠房里开始倾泻刨花，木纹在板子上出现了，他们轻推一下刨子，重推一下刨子，让木纹显到最好看，真是神一样的人物。木匠与别的工人不同，他们得知道什么材料藏着美，刨薄了，木纹不现，刨过了，木纹消失。机器改木板与这种手工完全不可同日而语。并不多话，木匠房里只有刨木、凿木之声和阵阵溢出的树脂味，仿佛他们是在森林中干活。每天送饭给他们，他们从不挑食，有什么吃什么。

一个月后，那堆灰扑扑的木板已经成了一件件稳重结实、喜气洋洋的家具。早上给了工钱，木匠下午就走掉了，临走，还互相留下地址，没有留电话，那时候没有电话。这些家具，直到今天我家还在用，虽然式样远逊明朝的家具，但是耐用。经过"文革"，木匠们做家具已经没有多少想象力，长方或者正方而已，但耐用这一点，还是继承了。

有一年我经过澜沧江，那段江面有一座古桥通向县城，下面，澜沧江在石头间梳理着白头发。桥东有个木匠房，专做马鞍，过往的人们喜欢在这里歇脚。我也进去坐，我一拍照木匠大哥就笑。他说，来定鞍子的马帮越来越少啦。许多马帮杀掉马，改行了。再做一两年，他也不做了，回老家待着去。第二年，我再次路过，这个木匠房已经关了。过往的人没地方歇脚，就坐在桥边的石头上，看着江水。

（摘自《新民晚报》2015 年 7 月 24 日）

青龙偃月刀

韩少功

何爹剃头几十年，是个远近闻名的剃匠师傅。无奈村里的脑袋越来越少——好多脑袋打工去了，好多脑袋移居山外了，好多脑袋入土了。算一下，生计越来越难以维持——他说起码要九百个脑袋，才能保证他基本的收入。

这还没有算那些一头红发或一头绿发的脑袋。何爹不愿趋时，说年轻人要染头发，五颜六色地染下来，狗不像狗，猫不像猫，还算是个人？他不是不会染，而是不愿意染。

师傅没教给他的，他绝对不做。结果，好些年轻人来店里看一眼，发现这里不能焗油和染发，更不能做负离子和爆炸式，就打道去了镇上。

何爹的生意一天天更见冷清。我去找他剪头的时候，在几间房里寻了个遍，才发现他在竹床上睡觉。

"今天是初八，估算着你该来了。"他高兴地打开炉门，乐滋滋地倒一盆热水，大张旗鼓进入第一道程序——洗脸清头。

"我这个头是要带到国外去的，你留心一点剃。"我提醒他。

"放心，放心！建伢子要到阿联酋去煮饭，不也是要出国？他也是我剃的。"

洗完脸，发现停了电。不过不要紧，他的老式推剪和剃刀都不用电——这又勾起了他对新式美发的不满和不屑："你说，他们到底是人剃头呢，还是电剃头呢？只晓得操一把电剪、一个吹筒，两个月就出了师，就开得店，那也算剃头？更好笑的是，眼下婆娘们也当剃匠，把男人的脑壳盘来拨去，耍球不是耍球，和面不是和面，成何体统？男人的头，女子的腰，只能看，不能挠。这句老话都不记得了？"

我笑他太老腔老板，劝他不必过于固守男女之防。

"好吧好吧，就算男人的脑壳不金贵了，可以由婆娘们随便来挠，但理发不用剃刀，像什么话呢？"他振振有词地说，"剃匠剃匠，关键是剃，是一把刀。剃匠们以前为什么都敬奉关帝爷？就因为关大将军的功夫也是在一把刀上——过五关，斩六将，杀颜良，诛文丑，于万军之阵取上将头颅如探囊取物。要是剃匠手里没有这把刀，起码一条，光头就是刨不出来的，三十六种刀法也派不上用场。"

我领教过他的微型青龙偃月。其一是"关公拖刀"：刀背在顾客后颈处长长地一刮，刮得顾客麻酥酥的一阵惊悚，让人十分享受。其二是"张飞打鼓"：刀口在顾客后颈上弹出一串花，同样让顾客特别舒服。"双龙出水"也是刀法之一，意味着刀片在顾客鼻梁两边轻捷地铲削。"月中偷桃"当然是另一刀法，意味着刀片在顾客眼皮上轻巧地刨刮。至于"哪吒探海"更是不可错过的一绝：刀尖在顾客耳朵窝子里细剔，似有似无，若即若离，不仅净毛除垢，而且让人痒中透爽，整个耳朵顿时清新而舒坦，整个面部和身体为之牵动，招来嗖嗖嗖八面来风。气脉贯通和精血踊跃之际，剃匠从容收刀，受用者一个喷嚏天昏地暗，尽吐五脏六腑之浊气。

何师傅操一把青龙偃月，阅人间头颅无数。开刀、合刀、清刀、弹刀，均由手腕与两三指头相配合，玩出了一朵令人眼花缭乱的花。一把刀可以旋出任何一个角度，可以对付任何复杂的部位，上下左右无敌不克，横竖内外无坚不摧，有时甚至可以闭着眼睛上阵，无须眼角余光的照看。

一套古典绝活玩下来，他只收三块钱。

尽管廉价，尽管古典，他的顾客还是越来越少。有时候，他成天只能睡觉，一天下来也等不到一个脑袋，只好招手把笑花子那流浪崽叫进门，同他说说话，或者在他头上活活手，提供免费服务。但他还是拒绝焗油和染发，宁可败走麦城也决不背汉降魏。大概是白天睡多了，他晚上反而睡不着，常常带着笑花子去邻居家看看电视，或者去老朋友那里串门坐人家。从李白的"床前明月光"，到白居易的"此恨绵绵无绝期"，他诗兴大发时，能背出很多古人诗作。

三明爹一辈子只有一个发型，就是刨光头，每次都被何师傅刨得灰里透白，白里透青，滑溜溜地毫光四射，因此多年来是何爹刀下最熟悉、最亲切、最忠实的脑袋。虽然不识几个字，三明爹也是何爹背诗的最好听众。有段时间，三明爹好久没送脑袋来了，何爹算着算着日子，不免起了疑心。他翻过两道岭去看望老朋友，发现对方久病在床，已经脱了形，奄奄一息。

他含着泪回家，取来了行头，再给对方的脑袋上刨一次，使完了他全部的绝活。三明爹半躺着，舒服得长长吁出一口气："贼娘养的好过呀！兄弟，我这一辈子抓泥捧土，脚吃了亏，手吃了亏，肚子也吃了亏；搭伴你，就是脑壳没有吃亏。我这个脑壳，来世……还是你的。"

何爹含着泪说："你放心，放心。"

光头脸上带着笑，慢慢合上了眼皮，像睡过去了。

何爹再一次张飞打鼓：刀口在光亮亮的头皮上一弹，弹出了一串花，由强渐弱，余音袅袅，算是完成最后一道工序。他看见三明爹眼皮轻轻跳了一下。

那一定是人生最后的极乐。

（摘自作家出版社《山南水北》一书）

我的夜奔

贾樟柯

高三的某一天，好朋友突然冲进教室，气喘吁吁地说他被高二理科班的一个同学打了。这当然是对所有兄弟的侮辱，45分钟的时间里，我们一直在筹划复仇的事情，最后决定我和另一个瘦高个子同学陪好朋友去"理论"。

下课铃响了，我们三个赤手空拳地向"仇家"的教室走去。我相信我的目光会秒杀他，不需要太多人手同行，他可以想象到窗外全是我的兄弟，他的对立面。按照以往的经验，这个倒霉的理科班同学一定会在我们的凝视下低头，服软，认错。目光就是利器，我相信。更关键的是，如果能用目光打败他，我们的尊严所受到的挑战就会得到加倍的偿还。"江湖"需要传奇，那时我就是个好编剧。

理科班的老师刚出教室我们三个就占据了讲台，我们一言不发地望着整整一教室人。视线扫过的地方逐渐安静，的确有很多目光选择了躲避。那一刹那，助长了我对他们的不屑，这甚至是一种忧伤的感觉：像一排排被割倒的麦子，青春金黄灿烂，但自尊已经弯曲倒地。我突然感觉到自己的孤立，如果有更强悍的人跟我寻仇，我知道我身边的人，包括我自己在内，都可能是弯曲倒地的麦子。人，终究无所依靠。

穿过一排排桌椅，好友在瘦高个子同学的陪伴下，一步一步向他的"仇家"逼近，我在讲台上用目光控制着全局，叙事按照我们的设计在一点点往前推进。就像胡金铨的电影，所有对决之前都是对峙，那是世界上最漫长的时间，每一秒都长过一秒，连彼此的喘息都参与了交锋。真的是一道白光，我知道不好，连忙跑到好友身边。教室里没有人说话，被刀锋划破的衣服提前为鲜血让出了退路，我的耳边"刷"的一声，那是邵氏电影里独有的刀剑刺过身体的声音，现实中没有，此刻却在我的心里久久回响。这声音代表着无法形容的痛感，就像"冷兵器"的一个"冷"字，让人望而生畏。好友的肚子上渐渐渗出了鲜血，"仇家"脸色惨白，他手里拿着一把小刀，那把小刀无辜地面对着我们，没有挂一丝血迹。

瘦高个子同学连忙背起好友，我在后面扶着他，三个人向隔壁的汾阳医院落荒而去。教学区里布满课间休息的同学，即使擦肩而过，那些打水归来，或者说笑打闹的同学也没发现我们的境遇。好友的血在瘦高个子同学的白衬衣上渗透开来，当我们把他放在急诊室床上的时候，我们三个身上都布满血迹。一个莽汉般的大夫很冷静地进来，不慌不忙地处置，似乎还在哼着小曲。他的脚在打着节拍，我低下头，看见他穿了一双蓝色的塑料拖鞋。这双拖鞋显得无比懒散，对我们如此不屑一顾。我们的班主任匆匆进来，又匆匆晕倒。我没有晕血，手里拎着血衣，像拎着一面带着温度的旗帜，而大夫报以我们的却是一双蓝色的拖鞋。血，在此地如此司空见惯，如此不值一提。

那天晚上，我骑着自行车一直在县城里游荡。县城万户掌灯，正是倦侣归巢的时刻。明月下最容易发现爱情，感觉屋宇宽厚，万物仁慈。横穿县城的马路上，有赶脚的牛群经过，百十头黄牛与几个赶牛人散步般向西面的群山散淡而行，有如踏着古代的土地，他们步履不停。黑暗中的县城顿时有了古意，这座城池改朝换代，弃旧图新。但对月亮来说，那一定只是没有改变位置的地球上的一个小点而已。黑暗包容了太多不堪的人事，没有什么比黑暗更了解人的痛苦。我决定把今天的事情忘记，从此以柔软面对世界。是啊，少年无知的强硬，怎么也敌不过刀的锋利。因为今夜，我喜欢上了夜游：黑暗绝顶明亮，无比透彻。

多年之后，我在北京南城"湖广会馆"听昆曲《夜奔》，舞台上的林冲在风雪中穿山越岭，于悲愤中婉转清唱："遥瞻残月，暗渡重关，奔走荒郊。"一滴本该在高三时流下的眼泪，这时才缓缓化开，挂在脸颊。林冲孤苦多于悲愤，这故事就是在讲一个人逃出去，活下来。而这也是我们所有人的故事，我们都奔命于风雪的山道，在黑暗的掩护下落荒而逃。

同样的故事在这个世界上并没有绝迹，这些年翻开报纸打开网络，类似于《夜奔》的故事比比皆是。那些掩藏在报道文字中的血迹，却没有丝毫的质感，仿佛不曾疼痛，轻而易举。而我，却不时想起高三的那个上午，耳边总会响起"刷"的一声。在邵氏电影的工艺里，那是拟音师傅撕开布匹获得的音效，但对我，那是身体的伤痛、无力的宣言、卑微的抵抗。一个下午，又在网上看到同样的新闻。我合上电脑，坐在办公室里望着窗外。少年的血多少源于荷尔蒙的分泌、多少有种可以理解的天性中的冲动，而现代社会弥漫开来的暴力氛围却让我不安。《夜奔》讲的是古人的境遇与曲折命运，被书写出来成为小说、戏剧，流传后世。而发生在今天的故事，似乎也需要有人讲述。事实上，既然你在从事叙事艺术，那就有必要延续对人类记忆的讲述。

窗外，夜幕将要降临北京。这座过于喧闹的城市，无法迎接幽冷的月光。我突然想远行，在夜幕中去到山西任意一个小城。那里的城池已有千年，一定明月高挂。我知道我是想写东西了，在办公室里找了一摞信纸、十几支用惯了的粗黑墨笔，决定到大同去。临出门的时候，我的目光落在了桌子的电脑上，犹豫一下没有带它。

车过八达岭之后，高速公路便在黑压压的群山之中盘旋。对古人来说，即使策马疾行，这段路途也应该算是千山万水了，而我们三个小时后就可以到达目的地。一路上思绪万千，每次旅行都能激活我的想象。灵感像是潜藏着的野性，你必须将自己放虎归山。坐在宾馆里摊开信纸，我才明白为什么这次不想带电脑来。从第四部影片《世界》开始，我已经习惯了电脑写作。但这一回，我需要拿起笔，看笔尖划过白纸，犹如刀尖划过白色的衬衣。我低头写着，一笔一画，一字一句。多年不用纸笔，竟然常常提笔忘字，我知道自己写了太多错别字，但也不管不顾，一路狂奔。这一天，电影取名为《天注定》。

我还会时常想起那个手握小刀的少年，那一天，连上帝都不在他身边。感谢他，让我收起了凶狠的目光，收起了恶。

（摘自《读者》2014 年第 23 期）

管老师饭

胡明宝

　　我八九岁的时候，乡村小学布局还很分散，老师多是本村或邻村的老少爷们，学校不设教师食堂，放学后老师和孩子们一起沿着崎岖不平的小路回家吃饭。不过，每个学校一般有一名公办教师，担任学校的校长。校长是由教育局从别的乡镇调来的，他们以校为家，常驻在学校里，除了早饭，校长就吃学生送的饭。所有的学生从低年级到高年级轮流，一个学生一天，轮到谁，谁就给老师送饭，一轮结束后，重新开始，周而复始。不管轮到谁，都会激动地蹦跳着回家喊："爹，娘，明天轮到咱管老师饭了。"

　　我们都是些灰头土脸、不谙世事的泥孩子，但每个人却揣着一颗对校长无比敬仰的心。当时，我家里不富裕，爹去镇上的阀门厂抡铁锤打铁，满手是星罗棋布的血泡，也挣不回几个钱；娘比谁都会过日子，走在路上遇见一小截干枯的树枝甚至一片叶子也要带回来，充实家里的柴火垛，以便冬天里少烧点煤。但是这并不妨碍他们对老师的尊敬。一到我回家大声宣布"明天管老师饭"的时候，他们脸上便有信徒般的虔诚，立刻着手买肉、择菜、蒸馒头，做着细致的准备。

那次，中午放学后，我跑回家，见母亲早已准备好了饭菜。一盘小炒肉，一盘煎鸡蛋，两个白面馒头，还有半瓶烧酒，都被小心翼翼地装进竹篮里，上面盖了一块红底碎花布单，竹篮立刻像个新娘一样变得羞羞答答了。走在去学校送饭的小路上，初秋的风把竹篮里的菜香一阵阵送进我的鼻孔，我竭力克制着要立刻饱餐一顿的念想，咕咚咕咚地往下咽口水。在一片树荫下停下来，我掀起布单，要夹一块肉吃，一拿起筷子，仿佛就听到了母亲的斥责，惊得浑身一哆嗦，瞧瞧四下没人，又赶快依原样放好筷子，遮好布单，向学校走去。

到了校长办公室，王校长还在批改作业。他大概 40 岁的样子，中等身材，四方脸，浓眉大眼，刮过胡子的两腮隐隐泛着青，身体有些瘦，脸上带着可亲的笑容。王校长接过我的竹篮，要我坐下和他一起吃，我不争气的唾沫又立刻涌上喉头，我连忙摆手，跑了出去。王校长大声说："你等一下，我一会儿就好。"我便在校长办公室后面，抱着胳膊看一片片硕大的梧桐叶从树梢无声地跌落。不出十几分钟，王校长开始喊我，他把竹篮递给我说："快回家吃饭吧。"我拎过竹篮，还是沉甸甸的。我急急和王校长告辞，跑到小径上掀开竹篮的布单看，两盘菜几乎未动过，烧酒也不差半毫，只有馒头少了一个。我心里暗暗吃惊：王校长的饭量真小，还不如我吃得多呢。这样想着，便用手抓了一大块肉塞进嘴里，那透彻心肺的浓香，竟让我有些晕。唉，除了过年能吃上点肉，就是管老师饭的时候了……

回到家，给母亲看了，母亲沉思良久说："你们校长不愧是个知书达理的先生啊，他真是个好人……"我才不在乎母亲说啥呢，我左右开弓，对着两盘菜，大快朵颐……

后来，我竟日里梦里盼着我家快管老师饭，有一阵子，"还没轮到俺管老师饭吗"竟成了我的口头禅。

当然，村里的一些特困户家庭的学生，是不用管老师饭的。这些，王校

・041

长早已做过调查。王校长对老师们说："告诉村东的刘大海、村西的杨三妮，还有……他们不用管饭。"可是，老师们向刘大海、杨三妮他们说了这事之后，他们的小嘴总要撅好几天。杨三妮更是个有自尊、有决心的孩子，第一次，她正锁着眉头想该怎样跟爹娘说明天要管老师饭的时候，王校长竟说不用了。王校长就这样"无情"地把她"晾"在一边，杨三妮觉得在同学们面前自己的心一片一片地破碎了。杨三妮回家躲进透风漏雨的破房间里哭了半个晚上，第二天上学时，眼睛还红肿着。后来，杨三妮养了十只兔子，放学后就去山坡上割草打食喂兔子，连做作业都把小桌搬到兔舍旁边。有时候，杨三妮咬着铅笔想问题，想着想着就灿烂地笑了。第二年，又轮到杨三妮的时候，杨三妮跑到王校长的办公室说："校长，我有钱了，我娘说了，要给你做全村最好吃的饭。"王校长吃了一惊说："你家哪儿来的钱？"杨三妮说："我的兔子可争气了，我娘卖了好多钱。"王校长看着小姑娘长满茧子的手，鼻子就一阵酸。

管老师饭后，还有一个令孩子们高兴的日子，那就是王校长发饭费的日子，每位学生一块或两块钱。我们领了钱，高兴得又蹦又跳，觉得王校长真好。但是有一次，杨三妮不高兴了。杨三妮说："校长，你就吃了我家一顿饭，该给我一块钱，怎么给了两块？"王校长一拍脑袋乐了，说："噢，可能是我记错了，你拿着钱买几个本子用吧……"

直到大概一年多之后，王校长调离了我们学校，才听人说，王校长非常体谅庄户人的穷日子，知道孩子们更垂涎饭篮子里的"美味佳肴"，每次只是象征性地吃一点，其余的都让他们带回去了，而自己每周从老家赶回来时总是捎带上一大包煎饼，还有咸菜，在没有人的时候充饥……

后来，随着教育的不断发展，师资力量日渐雄厚。大约十年前，我们这里建起了中心学校，小学校都撤并了，学校里有老师专门的食堂，管老师饭的岁月也就渐渐成为一段历史沉寂下去了。

（摘自《山东青年》2010年第3期）

自行车后座上的婚礼

邱长海

亲爱的，除了从父母那里得到生命以外，我们还能得到什么呢？

三叔从老家来省城帮儿子筹备国庆节举行的婚礼，看着儿子为找不到加长林肯或凯迪拉克做婚车而唉声叹气，他一次次欲言又止。这一晚，皓月当空，父子对饮。

1981 年，鲁南山区，大豆高粱在田野里飘香。三叔的爹，我的爷爷忙着张罗第三个儿子的婚事。那时候，爷爷当了村主任，最后一个儿子的婚礼当然要办得风风光光。这天一擦黑，爷爷就提着两瓶兰陵大曲，揣着两盒孔府烟跑了十多里的山路，摸到前进村村主任何大把式家里。前进村原来叫水洼洼庄，改革开放后靠养鱼致了富，改名前进村，去年买了台手扶拖拉机，更是闻名方圆几十里。爷爷刚开口，就被对方堵了回来。国庆节日子旺，拖拉机早被乡长的公子结婚订下了。"要不，你把它推走。"何大把式指着墙根的一辆独轮车说，"咱也就配这档次。"爷爷脸一红，二话没说，拎起桌上的两瓶酒抬腿就走。

　　爷爷到家时，两瓶酒只剩下半瓶。老人家把三儿子招呼过来父子对饮，那晚，皓月当空。

　　1953年秋天，爷爷娶奶奶的时候，换了身干净衣服空着手就进了岳母家的门，回来时，他手里就多了新媳妇的一只手。三十多里山路，奶奶的小脚实在走不动了，爷爷就向路边收庄稼的老乡借了辆独轮车，一边是黄澄澄的玉米，一边是腮上红扑扑的奶奶。车子"吱呀吱呀"唱了一路，像是最浪漫的婚礼进行曲，引着他们踏上了幸福生活之旅。

　　爷爷说这些时，一脸的甜蜜，听得三叔眼里潮潮的。

　　第二天的正午时分，爷爷满身大汗进了家门。院子里多了一辆崭新的大金鹿自行车。那时候，大金鹿还是个稀罕东西，不亚于今天谁家买了辆小轿车。全村人都羡慕得不行，就连母亲、二婶也看得眼睛放光，据说回家后闹了好几天。

　　眼看婚期将近，三叔抓紧时间练车。于是，早晨下地前或者傍晚回家后，村里人就看见三叔在村西的麦场里卖力地演练——对他来说，将要驮回的岂止是新媳妇，更是自己一辈子的幸福啊！

　　因为有了这辆自行车，就好像一桌酒席上有了鲍鱼，一家人顿时多了底气；因为有了这辆自行车，就好似一场演出来了名角儿，全村的人们都盼着好戏开演。

　　万众瞩目的日子终于来了。大金鹿前把上的大红花与三叔年轻的笑脸相映生辉。

　　三叔潇洒地跨上自行车，昂首挺胸上了路。身后是一支吹吹打打的迎亲队伍。三叔第一次看到属于自己的新媳妇——他们是媒妁之言，这之前，两人只在邻村的露天电影场见过一面，却从来没有说过话。

　　三婶在村里小姐妹们羡慕的目光中坐上三叔的自行车后座，一时间，唢呐叫得欢。在我们鲁南老家，新郎接新娘有很多规矩，其中一条就是：新娘不说话，新郎不回头。人逢喜事精神爽，秋风得意车轮急，三叔脚底生风，很快就把送亲的队伍甩在后边，三婶也不能说话。

三婶娘家到三叔家的路上有一段上坡路，三婶心疼累得满头大汗的三叔，就跳下自行车，帮忙推了一把。上了坡，三叔不能回头看，根本不知道三婶下了车，也不知道她还没坐上来，就骑着空车走了。直到进了村，才发现坏了，在众人的哄笑声中调头回去找新媳妇。

新媳妇根本没有回娘家——她哪里丢得起这个人哪！大家找来找去，终于在那段上坡路边还没收割的玉米地里找到了正生闷气的三婶。

当然，婚礼照常举行，乡亲们喜酒照喝，只不过留下了一段有趣的佳话。

三叔说这些时，一脸的幸福，听得儿子心里酸酸的。

三叔的儿子把父母的故事说给未婚妻听，她听得泪光闪烁，一脸的神往。恰好他们看到报纸上登着一家婚庆公司推出了自行车婚礼的消息。两人眼前一亮，手牵手走进那家婚庆公司，就像父辈一样，他们打算在这座城市里，举行一个万众瞩目的自行车后座上的婚礼。

在那个物质匮乏的年代里，独轮车、自行车上的婚礼带给我们的幸福感，是林肯、凯迪拉克带不来的。

亲爱的，除了从父母那里得到生命以外，我们还能得到什么呢？

（摘自《读者》2005 年第 22 期）

愿化泥土

巴　金

　　最近听到一首歌，我听见人唱了两次：《那就是我》。歌声像湖上的微风吹过我的心上，我的心随着它回到了我的童年，回到了我的家乡。近年来我非常想念家乡，大概是到了叶落归根的时候吧。有一件事深深地印在我的脑子里。3 年半了。我访问巴黎，在一位新认识的朋友家中吃晚饭。朋友是法籍华人，同法国小姐结了婚，家庭生活很幸福。他本人有成就，有名望，也有很高的地位。我们在他家谈得畅快，过得愉快。可是告辞出门，坐在车上，我却摆脱不了这样一种想法：长期住在国外是不幸的事。一直到今天我还是这样想。我也知道这种想法不一定对，甚至不对。但这是我的真实思想。几十年来有一根绳子牢牢地拴住我的心。1927 年 1 月在上海上船去法国的时候，我在《海行杂记》中写道："再见吧，我不幸的乡土哟！"1979 年 4 月再访巴黎，住在凯旋门附近一家四星旅馆的四楼，早饭前我静静地坐在窗前扶手椅上，透过白纱窗帷看窗下安静的小巷，在这里我看到的不是巴黎的街景，却是北京的长安街和上海的淮海路、杭州的西湖和广东的乡村，还有成都的街口有双眼井的那条小街……到 8 点钟有人来敲门，我站起来，我又离开了"亲爱的祖国和人民"。每天早晨都是这样，好像我每天回国一次去寻求养料。这是很自然的事，我仿佛仍然生活在我的同胞中间，在想象中我重见那些景象，我觉得有一种力量在支持我。于是我感到精神充实，心情舒畅，全身暖和。

我经常提到人民，他们是我所熟习的数不清的平凡而善良的人。我就是在这些人中间成长的。我的正义、公道、平等的观念也是在门房和马房里培养起来的。我从许多被生活亏待了的人那里学到热爱生活、懂得生命的意义。越是不宽裕的人越慷慨，越是富足的人越吝啬。然而人类正是靠这种连续不断的慷慨的贡献而存在、而发展的。

近来我常常怀念六七十年前的往事。成都老公馆里马房和门房的景象，时时在我眼前出现。一盏烟灯，一床破席，讲不完的被损害、受侮辱的生活故事，忘不了的永远不变的结论："人要忠心。"住在马房里的轿夫向着我这个地主的少爷打开了他们的心。老周感慨地说过："我不光是抬轿子。只要对人有好处，就让大家踏着我走过去。"我躲在这个阴湿的没有马的马房里度过多少个夏日的夜晚和秋天的黄昏。

门房里听差的生活可能比轿夫的好一些，但好得也有限。在他们中间我感到舒畅、自然。后来回想，我接触到通过受苦而净化了的心灵就是从门房和马房里开始的。只有在十年动乱的"文革"期间，我才懂得了通过受苦净化心灵的意义。我的心常常回到门房里爱"清水"恨"浑水"的赵大爷和老文、马房里的轿夫老周和老任的身边。人已经不存在了，房屋也拆干净了。可是过去的发过光的东西，仍然在我心里发光。我看见人们受苦，看见人们怎样通过受苦来消除私心杂念。在"文革"期间我想得多，回忆得多。有个时期我也想用受苦来"赎罪"，努力干活。我只是为了自己，盼望早日得到解放。私心杂念不曾消除，因此心灵没有得到净化。

现在我明白了。受苦是考验，是磨炼，是咬紧牙关挖掉自己心灵上的污点。它不是形式，不是装模作样。主要的是严肃地、认真地接受痛苦。"让一切都来吧，我能够忍受。"

我没有想到自己还要经受一次考验。我摔断了左腿，又受到所谓"最保守、最保险"方法的治疗。考验并未结束，我也没有能好好地过关。在病床上，在噩梦中，我一直为私心杂念所苦恼。以后怎样活下去？我不能回答这个问题。

漫长的不眠之夜仿佛一片茫茫的雾海，我多么想抓住一块木板浮到岸边。忽然我看见了透过浓雾射出来的亮光：那就是我回到了老公馆的马房和门房，我又看到了老周的黄瘦脸和赵大爷的大胡子。我发觉自己是在私心杂念的包围中，无法净化我的心灵。门房里的瓦油灯和马房里的烟灯救了我，使我的心没有在雾海中沉下去。我终于记起来，那些"老师"教我的正是去掉私心和忘掉自己。被生活薄待的人会那样地热爱生活，跟他们比起来，我算得什么呢？我几百万字的著作还不及轿夫老周的四个字"人要忠心"。（有一次他们煮饭做菜，我帮忙烧火，火不旺，他教我"人要忠心，火要空心"。）想到在马房里过的那些黄昏，想到在门房里过的那些夜晚，我仿佛回到了自己的童年。

我多么想再见到我童年时期的脚迹！我多么想回到我出生的故乡，摸一下我念念不忘的马房的泥土。可是我像一只给剪掉了翅膀的鸟，失去了飞翔的希望。我的脚不能动，我的心不能飞。我的思想……但是我的思想会冲破一切阻碍，会闯过一切难关，会到我怀念的一切地方，它们会像一股烈火把我的心烧成灰，使我的私心杂念化成灰烬。

我家乡的泥土，我祖国的土地，我永远同你们在一起接受阳光雨露，与花树、禾苗一同生长。

我唯一的心愿是：化作泥土，留在人们温暖的脚印里。

（摘自《读者》1987年第12期）

拣麦穗

张 洁

当我刚刚能够歪歪咧咧地提着一个篮子跑路的时候，我就跟在大姐姐身后拣麦穗了。那篮子显得太大，总是磕碰着我的腿和地面，闹得我老是跌跤。我也很少有拣满一个篮子的时候，我看不见田里的麦穗，却总是看见蚂蚱和蝴蝶，而当我追赶它们的时候，拣到的麦穗，还会从篮子里重新掉回地里去。

有一天，二姨看着我那盛着稀稀拉拉几个麦穗的篮子说："看看，我家大雁也会拣麦穗了。"然后，她又戏谑地问我："大雁，告诉二姨，你拣麦穗做哈？"

我大言不惭地说："我要备嫁妆哩！"

二姨贼眉贼眼地笑了，还向围在我们周围的姑娘、婆姨们眨了眨她那不大的眼睛："你要嫁谁嘛！"

是呀，我要嫁谁呢？我忽然想起那个卖灶糖的老汉。我说："我要嫁那个卖灶糖的老汉!"

她们全都放声大笑，像一群鸭子一样嘎嘎地叫着。笑啥嘛！我生气了。难道做我的男人，他有什么不体面的地方吗？

卖灶糖的老汉有多大年纪了？我不知道。他脸上的皱纹一道挨着一道，顺着眉毛弯向两个太阳穴，又顺着腮帮弯向嘴角。那些皱纹，给他的脸上增添了许多慈祥的笑意。当他挑着担子赶路的时候，他那剃得像半个葫芦样的后脑勺上的长长的白发，便随着颤悠悠的扁担一同忽闪着。

我的话，很快就传进了他的耳朵。

那天，他挑着担子来到我们村，见到我就乐了。说："娃呀，你要给我做媳妇吗？"

"对呀！"

他张着人嘴笑了，露出了一嘴的黄牙。他那长在半个葫芦样的头上的白发，也随着笑声一齐抖动着。

"你为啥要给我做媳妇呢？"

"我要天天吃灶糖哩！"

他把旱烟锅子朝鞋底上磕着："娃呀，你太小哩。"

"你等我长大嘛！"

他摸着我的头顶说："不等你长大，我可该进土啦。"

听了他的话，我着急了。他要是死了，那可咋办呢？我那淡淡的眉毛，在满是金黄色的茸毛的脑门上，拧成了疙瘩。我的脸也皱巴得像个核桃。

他赶紧拿块灶糖塞进了我的手里。看着那块灶糖，我又咧着嘴笑了："你别死啊，等着我长大。"

他又乐了。答应着我："我等你长大。"

"你家住哪哒呢？"

"这担子就是我的家，走到哪哒，就歇在哪哒！"

我犯愁了："等我长大，去哪哒寻你呀！"

"你莫愁，等你长大，我来接你!"

这以后，每逢经过我们这个村子，他总是带些小礼物给我。一块灶糖，一个甜瓜，一把红枣……还乐呵呵地对我说："看看我的小媳妇来呀!"

我呢，也学着大姑娘的样子——我偷偷地瞧见过——要我娘找块碎布，给我剪了个烟荷包，还让我娘在布上描了花。我缝呀，绣呀……烟荷包缝好了，我娘笑得个前仰后合，说那不是烟荷包，皱皱巴巴，倒像个猪肚子。我让我娘给我收了起来，我说了，等我出嫁的时候，我要送给我男人。

我渐渐地长大了。到了知道认真地拣麦穗的年龄了。懂得了我说过的那些个话，都是让人害臊的话。卖灶糖的老汉也不再开那玩笑——叫我是他的小媳妇了。不过他还是常带些小礼物给我。我知道，他真疼我呢。

我不明白为什么，我倒真是越来越依恋他，每逢他经过我们村子，我都会送他好远。我站在土坎坎上，看着他的背影，渐渐地消失在山坳坳里。

年复一年，我看得出来，他的背更弯了，步履也更加蹒跚了。这时，我真的担心了，担心他早晚有一天会死去。

有一年，过腊八的前一天，我约摸着卖灶糖的老汉，那一天该会经过我们村。我站在村口上一棵已经落尽叶子的柿子树下，朝沟底下的那条大路上望着，等着。

那棵柿子树的顶梢梢上，还挂着一个小火柿子。小火柿子让冬日的太阳一照，更是红得透亮。那个柿子多半是因为长在太高的树梢上，才没有让人摘下来。真怪，可它也没让风刮下来，雨打下来，雪压下。

路上来了一个挑担子的人。走近一看，担子上挑的也是灶糖，人可不是那个卖灶糖的老汉。我向他打听卖灶糖的老汉，他告诉我，卖灶糖的老汉老去了。

我仍旧站在那个那棵柿子树下，望着树梢上的那个孤零零的小火柿子。它那红得透亮的色泽，依然给人一种喜盈盈的感觉。可是我却哭了，哭得很伤心。哭那陌生的、但却疼爱我的卖灶糖的老汉。

　　后来，我常想，他为什么疼爱我呢？无非我是一个贪吃的，因为生得极其丑陋而又没人疼爱的小女孩吧？

　　等我长大以后，我总感到除了母亲以外，再也没有谁能够像他那样朴素地疼爱过我——没有任何希求，没有任何企望的。

（摘自《读者》1989 年第 4 期）

燕 子

席慕蓉

初中的时候，学会了那一首《送别》的歌，常常爱唱：

"长亭外，古道边，芳草碧连天……"

有一个下午，父亲忽然叫住我，要我从头再唱一遍。很少被父亲这样注意过的我，心里觉得很兴奋，赶快再从头来好好地唱一次：

"长亭外，古道边……"

刚开了头，就被父亲打断了，他问我：

"怎么是长亭外？怎么不是长城外呢？我一直以为是长城外啊！"

我把音乐课本拿出来，想要向父亲证明他的错误。可是父亲并不要看，他只是很懊丧地对我说：

"好可惜！我一直以为是长城外，以为写的是我们老家，所以第一次听这首歌时就特别地感动，并且一直没有忘记，想不到竟然这么多年是听错了，好可惜！"

父亲一连说了两个"好可惜"，然后就走开了，留我一个人站在空空的屋子里，不知道如何是好。

前几年刚般到石门乡间的时候，我还怀着凯儿，听医生的嘱咐，一个人常常在田野间散步。那个时候，山上还种满了相思树，苍苍翠翠的，走在里面，可以听到各式各样的小鸟的鸣声，田里面也总是绿意盎然，好多小鸟也会很大胆地从我身边飞掠而过。

我就是那个时候看到那一只孤单的小鸟的，在田边的电线杆上，在细细的电线上，它安静地站在那里，黑色的羽毛，像剪刀一样的双尾。

"燕子!"我心中像触电一样地呆住了。

可不是吗？这不就是燕子吗？这不就是我从来没有见过的燕子吗？这不就是书里说的、外婆歌里唱的那一只燕子吗？

在南国的温热的阳光里，我心中开始一遍又一遍地唱起外婆爱唱的那一首歌来了：

"燕子啊！燕子啊！你是我温柔可爱的小小燕子啊……"

在以后的好几年里，我都会常常看到这种相同的小鸟，有的时候，我是牵着慈儿，有的时候，我是抱着凯儿，每一次，我都会兴奋地指给孩子看："快看！宝贝，快看！那就是燕子，那就是妈妈最喜欢的小小燕子啊!"

怀中的凯儿正咿呀学语，香香软软的唇间也随着我说出一些不成腔调的儿语。天好蓝，风好柔，我抱着我的孩子，站在南国的阡陌上，注视着那一只黑色的安静的飞鸟，心中充满了一种朦胧的欢喜和一种朦胧的悲伤。

一直到了去年的夏天，因为一个部门的邀请，我和几位画家朋友一起，到南部一个公园去写生，在一本报道垦丁附近天然资源的书里，我看到了我的燕子。图片上的它有着一样的黑色羽毛，一样的剪状的双尾，然而，在图片下的解释和说明里，却写着它的名字是"乌秋"。

在那个时候，我的周围有着好多的朋友，我却在忽然之间觉得非常的孤单。在我的朋友里，有好多位在这方面很有研究心得的专家，我只要提出我

　　的问题，一定可以马上得到解答，可是，我在那个时候唯一的反应，却只是把那本书静静地合上，然后静静地走了出去。

　　在那一刹那，我忽然体会出来多年前的那一个下午，父亲失望的心情了。其实，不必向别人提出问题，我自己心里也已经明白了自己错误。但是，我想，虽然有的时候，在人生的道路上，我们是应该面对所有的真相，可是，有的时候，我们实在也可以保有一些小小的美丽的错误，与人无害，与世无争，却能带给我们非常深沉的安慰的那一种错误。

　　我实在是舍不得我心中那一只小小的燕子啊！

（摘自《读者》1988 年第 3 期）

池 塘

贾平凹

那时候，我很幼小，正是天真烂漫的孩子，父亲在一次运动中死了，母亲却撇下我，出门走了别家。孤零零的我，被祖母接到了乡下的老家。祖母已经年迈，眼花得不能挑针，就终日忙着为人洗衣，小棒槌在捶布石上咣当咣当地捶打。我先是守在一旁，那声响太单调，再不能忍，就一个人到门前的池塘寻乐去了。

池塘里有生命，也有颜色，那红莲，那白鹅，那绿荷……它们生活它们的，各有各的乐趣。我却不能下水去，只是看那露水，在荷叶上滚成碎珠，又滚成大颗，末了，阳光下一丝一缕地净了。那鱼群，散开一片，又聚起一堆，倏然全部散去，只有一个空白了。它们认不得我，我却牢牢记住了它们，摇着岸边的一棵梧桐，落一片叶儿到它们身边，我觉得那便是我了，在它们之中了，千声万声地唤它们是朋友呢。

到了冬天，这是我很悲伤的事，塘里结了冰，白花花的，我的朋友们再也不见了。我沿着池塘沿儿去找，却只有几根枯苇，在风里飘着芦絮，捉到一朵了，托在手心，倏忽却又飞了，又去捉回，再飞去……祖母知道我的烦恼，一边捶着棒槌，一边抹泪，村里人却都说我是怪孩子，在寻找什么呢？

时间一天天过去，池塘里起了风，冰一块块融了。终有一日，我正看着，就在那远远的地方，似乎有了一个嫩黄的卷儿，蓦地，在好多地方，也都有了那样的卷儿。那是什么呢？我一直守了半晌，卷儿终未展开。祖母说："啊，荷叶要出来了！"我听了，却悲伤了起来，想池里这么绿，绿得发了墨，却染不了荷叶的嫩黄，它是患了什么病吗？一个冬天里是在水里病着吗？我只知道草儿从石板下长上来，是这般颜色，这般委屈，这水也有石板一样的压迫吗？

但它终于慢慢舒展开了，一个圆圆的、平和的模样，平浮在水面就不动了。三日，五日，那圆就多起来，先头的呈出深绿，新生的还是浅绿，排列得似铺成的石板路呢。池塘里开始热闹起来，我的朋友又都出现，又该是一个乐园了。

没想这晚起了风雨，哗哗啦啦喧嚣了一夜。天未亮，雨还未住，我便急忙去塘边了。果然池水比往日满了，荷叶狼藉，有的已破碎，有的浸沉水里，我不禁呜呜啼哭起来了。

就在这时候，有一声尖叫，是那么凄楚，我抬头看去，是一只什么鸟儿，胖胖的，羽毛并未丰满，却一缕一缕湿贴在身上，正站在一片荷叶上鸣叫。那荷叶负不起它的重量，慢慢沉下去。它惊恐着，扑扇着翅膀，又飞跳上另一片荷叶。那荷叶动荡不安，它几乎要跌倒了，就又跳上一片荷叶，但立即就沉下去，没了它的腹部，它一声惊叫，溅起一团水花，又落在另一片荷叶上，斜了身子，簌簌地抖动……

我不觉可怜起它来了，它是从树上的巢里不慎掉下来的呢，还是贪了好奇，忘了妈妈的叮嘱，来欣赏这大千世界了？可怜的小鸟！这个世界怎么容得你去？这风儿雨儿，你如何受得了呢？我纵然在岸上万般同情，又如何救得你啊！

突然，池的那边游来了一只白鹅，那样白，似乎使池塘骤然明亮起来，它极快地向小鸟游去了。它是要趁难加害吗？我害怕起来，正要捡一块石子打它，白鹅却游近了小鸟，一动不动地停下了。小鸟立即飞落在它的背上，缩作一团，伏在上面，白鹅叫了一声，像只小船，悠悠地向岸边游去，终于停靠在岸边一块石头旁，小鸟扑棱着翅膀，跳下来，钻进一丛毛柳里不见了。

我深深地呼出了一口气，感觉到了雄壮和伟大，立即又内疚起来，惭愧冤枉白鹅了，就不顾一切地奔跑过去，抱起了它，大声呼喊着，奔跑在这风中雨中……

（摘自陕西人民出版社《贾平凹文集》一书）

痴心石

三　毛

许多年前，当我还是一个 13 岁的少年时，看见街上有人因为要盖房子而挖树，很心疼那棵树的死亡，就站在路边呆呆地看。树倒下的那一瞬间，同时在观望的人群发出了一阵欢呼，好似做了一件值得庆祝的事情一般。

树太大了，不好整棵运走，于是工地的人拿出了锯子，把树分解。就在那个时候，我鼓足勇气，向人开口，很不好意思地问，可不可以把那个剩下的树根送给我。那个主人笑看了我一眼，说："只要你拿得动，就拿去好了。"我说我拿不动，可是拖得动。

就在又拖又拉又扛又停的情形下，一个死爱面子又极羞涩的小女孩，当街穿过众人注视，把那个树根弄到家里去。

父母看见当时发育不良的我，拖回来那么一个大树根，不但没有嘲笑和责备，反而帮忙清洗、晒干，然后将它搬到我的睡房中去。

以后的很多年，我捡过许多奇奇怪怪的东西回家，父母并不嫌烦，反而特别看重那批不值钱但是对我有意义的东西。他们自我小时候，就无可奈何地接纳了这一个女儿，这一个有时被亲戚叫成"怪人"的孩子。

我的父母并不明白也不欣赏我的怪癖，可是他们包涵。我也并不想父母能够了解我对于美这种主观事物的看法，只要他们不干涉，我就心安。

许多年过去了，父女分别了 20 年的 1986 年，我和父母之间，仍然很少一同欣赏同样的事情，他们有他们的天地，我，埋首在中国书籍里。我以为，父母仍是不了解我的——那也算了，只要彼此有爱，就不必再去重评他们。

就在前一个星期，小弟跟我说第二天的日子是假期，问我是不是跟父母和小弟全家去海边。听见说的是海边而不是公园，就高兴地答应了。结果那天晚上又去看书，看到天亮才睡去。全家人在次日早晨等着我起床一直等到 11 点，母亲不得已叫醒我，又怕我不跟去会失望，又怕叫醒了我要丧失睡眠，总之，她很艰难。半醒了，只挥一下手，说："不去。"就不理人翻身再睡，醒来发觉，父亲留了条子，叮咛我一个人也得吃饭。

父母不在家，我中午起床，奔回不远处自己的小房子去打扫落花残叶，弄到下午五点多钟才再回父母家中去。

妈妈迎了上来，责我怎么不吃中饭，我问爸爸在哪里，妈妈说："嗳，在阳台水池里替你洗东西呢。"我拉开纱门跑出去喊爸爸，他应了一声，也不回头，用一个刷子在刷什么，刷得好用力的。过了一会儿，爸爸又在厨房里找毛巾，说要擦干什么的，他要我去客厅等着，先不给看。一会儿，爸爸出来了，妈妈出来了，二老手中捧着的是两块石头。

爸爸说："你看，我给你的这一块，上面不但有纹路，石头顶上还有一抹淡红，你觉得怎么样？"妈妈说："弯着腰好几个钟头，丢丢捡捡，才得了一个石球，你看它有多圆！"

我注视着这两块石头，眼前立即看见年迈的父母弯着腰佝着背，在海边的大风里辛苦翻石头的画面。

　　"你不是以前喜欢石头吗？我们知道你没有时间去拣，就代你去了，你看看可不可以画？"妈妈说着。我只是看着比我还要瘦的爸爸发呆又发呆。一时里，我想骂他们太痴心，可是开不了口，只怕一讲话声音马上哽住。

　　这两块最最朴素的石头，没有任何颜色可以配得上它们，是父母在今生送给我最深最广的礼物，我相信，父母的爱——一生一世的爱，都藏在这两块不说话的石头里给了我。父母和女儿之间，终于在这一瞬间，在性灵上，做了一次最完整的结合。

　　我将那两块石头放在客厅里，跟在妈妈身后进了厨房，然后，三个人一起用饭，饭后爸爸看的"电视新闻"开始了，妈妈在打电话。我回到父母家也是属于我的小房间去，赫然发现，父亲将这两块石头，就移放在我的一部书籍上，那套书，正是庚辰本《脂砚斋重评石头记》。

（摘自《读者》2003 年第 22 期）

过去的生活

王安忆

有一日，走在虹桥开发区前的天山路上，在陈旧的公房住宅楼下的街边，两个老太在互打招呼。其中一个手里端了一口小铝锅，铝锅看上去已经有年头了，换了底，盖上有一些瘪塘。这老太对那老太说，烧泡饭时不当心烧焦了锅底，她正要去那边工地上，问人要一些黄沙来擦一擦。两个老人说着话，她们身后是开发区林立的高楼。新型的、光洁的建筑材料，以及抽象和理性的楼体线条，就像一面巨大的现代戏剧的天幕。这两个老人则是生动的，她们过着具体而仔细的生活，那是过去的生活。

那时候，生活实在是相当细致的，什么都是从长计议。在夏末秋初，豇豆老了，即将落市，价格也跟着下来了。于是勤劳的主妇便购来一篮篮的豇豆，捡好、洗净。然后，用针穿一条长线，将豇豆一条一条穿起来，晾起来，晒干，冬天就好烧肉吃了。用过的线呢，清水里淘一淘、理顺、收好，来年晒豇豆时好再用。缝被子的线，也是横的竖的量准再剪断，缝到头正好。拆洗被子时，一针一针抽出来，理顺、洗净、晒干，再缝上。农人插秧拉秧行的线，就更要收好了，可传几代人的。电影院大多没有空调，可是供有纸扇，放在检票口的木箱里。进去时，拾一把，出来时，再扔回去，下一场的人好再用。这种生活养育着人生的希望，今年过了有明年，明年过了还有后年，一点不是得过且过。不像今天，四处是一次性的用具，用过了事，今天过了，明天就不过了。

梅雨季节时，满目的花尼龙伞，却大多是残败的，或是伞骨折了，或是伞面脱落下来，翻了一半边上去，雨水从不吃水的化纤布面上倾泻而下，伞又多半很小，柄也短，人缩在里面躲雨。过去，伞没有现在这么鲜艳好看，也没这么多花样：两折，三折，又有自动的机关，"哗啦"一声张开来。那时的伞，多是黑的布伞，或者蜡黄的油纸伞，大而且坚固，雨打下来，那声音也是结实的，啪、啪、啪。有一种油纸伞，比较有色彩，却也比较脆弱，不小心就会戳一个洞。但是油纸伞的木伞骨子排得很细密，并且那时候的人，用东西都很爱惜，不像现在的人，东西不当是东西。那时候，人们用过了伞，都要撑开了阴干，再收起来。木伞骨子和伞柄渐渐就像上了油，愈用久愈结实，铁伞骨子，也决不会生锈。伞面倘若破了，就会找修伞的工匠来补，他们都有一双巧手，补得服服帖帖，平平整整。撑出去，又是一把遮风避雨的好伞。小孩子玩的皮球破了，也能找皮匠补的。藤椅、藤榻，甚至淘箩坏了，都是找篾匠补，有多少好手艺啊！现在全都没了。结果是，废品堆积成山，抽了丝的丝袜，断了骨子的伞，烧穿底的锅，旧床垫，破棉胎……现在的生活其实要粗糙得多，大量的物质被匆忙地吞吐着，而那时候的生活，是细嚼慢咽的。

那时候，吃也是有限制的，家境好的人家，大排骨也是每顿一人一块。一条鱼，要吃一家子，但肉是肉味，鱼是鱼味。不像现在，肉是催长素催长的，鱼呢，内河污染了，有着火油味，或者，也是催长素催长的。那时，吃一只鸡是大事情，简直带有隆重的气氛。现在鸡是多了，从传送带上啄食人工饲料，没练过腿脚，肉是松散的，味同嚼蜡。那时候，一块豆腐，都是用卤水点的。其实，好东西还是那么些，要想多，只能稀释了。

（摘自《明报》1999 年第 11 期）

这个字写得好

毕飞宇

1987 年年底，我当教师刚刚半年。就在临近寒假的时候，我得到了一个学生家长的邀请，他让我到他们家过年。这其实是客套，我哪能不知道呢，我就随口说："好的。"

没想到学生家长来真的了。几天后，我收到了学生家长的来信。这位退休的乡村中学语文教师用繁体字给我写来一封正式的邀请函，这封信感人至深，其中有一句话特别打动人心，老人家写道："毕老师，我要为你杀一只羊!"

"杀一只羊"突然使事情变得重大，我就不能不去了。为什么不能不去呢？我也说不出什么理由来。总之，为了老人家的这句"杀一只羊"，我必须去。腊月二十九，经过一整天漫长的颠簸，我终于站在了退休教师的家门口。

晚宴有些迟了，却很热烈。老人家叫来了一大堆客人。老实说，这顿晚饭我吃得十分别扭，我的学生喝了些酒，他用胳膊搂着我的脖子，亲切地叫我"飞宇兄"。退休教师当然是讲究师道尊严的，他站了起来，很不高兴，大声呵斥了他最小的儿子，热烈的气氛一下子变得有些紧张。

我只好挪出一只胳膊，搂着我学生的脖子，说："我让他这么叫的，我们平时都这么叫。"

老人家显然是将信将疑的，他突然一拍桌子，高声说："好！"大伙儿都站了起来，为天下皆兄弟的美好场景干杯。

高潮在晚宴之后正式到来。收拾完桌子，老人家把早就预备好的纸、墨、笔端了出来，他要我写春联。这可怎么办呢？春联需要对仗，我一下子哪里想得出那么多工整的句子？不讨还好，陈词滥调我还记得一些，真正要命的是写毛笔字。我从来没有练过毛笔字，我的毛笔字其实就是放大了的钢笔字，这叫我如何拿得出手？我想我必须说老实话，就对老人家说："我真的不行。"我把毛笔递到退休语文教师的手上，恭恭敬敬地说："还是您来。"

老人家也喝了酒，热情高涨，只是推说："我怎么敢在你面前献丑——你是我儿子的老师！"这句话里是有逻辑的，他的小儿子是他的骄傲，甚至可以说，是这个村子的骄傲。我能给他的儿子当老师，我不动手，谁敢动手？

经过一番艰苦卓绝的推让，我妥协了。我知道推不掉的，只有硬着头皮，一路纵横。

一口气写了十来副，每写完一副都有人给我鼓掌，这一回，激情四溢的退休教师却没有随大流。他始终在沉默，一定是对我的字大失所望。一个大学中文系的毕业生，居然把毛笔字写成那样，太不成体统了。我哪里是在低头写字，我是在低头惭愧。我的父亲从小读的是私塾，长期在乡村担任语文教师，所以我知道，永远也不能小瞧了乡村里的老秀才，他们的手上是有绝活的。

我终于又想起两句陈词滥调来，是和"飞雪"有关的。里头有一个"飞"字，"飞字兄"的"飞"。这个字我是擅长的，写得也格外有心得。我特地选用了繁体字。在我一笔一画把繁体的"飞"字写完之后，退休的语文教师终于说话了，他激动万分地说："这个字写得好！"

（摘自人民文学出版社《写满字的空间》一书）

从前的美丽

周　伟

小时候，母亲总爱给他讲一个从前的故事。

母亲每回讲，都要用手摩挲着他的小脑袋，然后瞅着对面那座大山，说，从前有座山，山里住着一户人家。一到傍晚，画中的仙女就从墙上的画里走下来，打扫屋子，收拾家什，缝补衣物，准备饭菜，再打好一盆温热的洗脚水……

他从此记住了这个从前的美丽故事。

他后来到了学校的课堂，虽然懂得了很多的基本常识，但他从没有怀疑过母亲经常讲的那个从前的美丽故事。

但那毕竟是从前，从前的故事了。他要上学，要帮母亲做一点家务和农活，闲暇时和村子里的同龄人一起上树掏鸟、下河摸鱼……也许是母亲过早给他讲了那个从前的故事中的画中的仙女，或者是他青春期那无由的躁动，或许什么都不是，他总爱远远地打量村子里的女人和她们的美丽天空。

夏天，他总是趁和伙伴们去河边洗澡时，看码头上那些洗衣服的大姑娘小媳妇。她们总是赤着脚，把衣袖裤腿挽得老高，把一家老小的衣物都浸泡在水里。在清澈的水面上，她们也不忘照一照自己红润的脸庞，然后满满地掬一捧清水，把脸擦洗了一遍又一遍，洗出自己的美丽和自信。然后，一件件衣服地搓洗着，棒捶着，漂白着，远远地就可以听到她们搓洗出来许多有趣的故事和秘密的家底。若是哪家正在漂洗着的衣物漂着漂着，被水冲走了，"哦——"的一声，他们几个小孩子齐如蛙般蹬脚游去，谁一手捞个正着，再一个猛子扎回码头。

农忙时的女人最美。扯秧时，一株株秧把在一个个女人的手里从田这边抛到田那边，在空中划过一道又一道生命的"虹"。插秧时，女人们个个"蜻蜓点水"，一下子，绿了一片，一下子，又绿了一片，慢慢地绿到了天边。从水塘里或从低处的水田里车水，这大多是女人们的事，也许是女人如水的缘故吧。先把木板水车支好，女人们手持摇把，一上一下，前俯后仰，轻重缓急，合着节奏，晃动身子，扭着腰，一片片水车叶，排起长龙，水随天来。时不时，车叶上有白花花的水被溅起老高，一条三指宽的鲫鱼在欢快地舞动。

农闲时，哪怕只是一时的闲，村里的女人也是闲不住的。母鸡在村子里，没有一个女人不把它看得比自己更重，红红的鸡屁股，女人要把它抠成自家的大银行，指望着屙金子屙银子。所以，孵鸡生蛋再孵鸡再生蛋，循环往复，她们总是十分细心，始终满怀着希望。"咕噜咕噜咕噜"一唤，那只芦花大母鸡带着一窝鸡崽蹒跚着上前来啄食，这时幸福的晚霞已经披满了山村。这些女人对于鞋底，同样有十足的耐心，她们穿针引线，挥洒缕缕不绝的情感，温暖着一双双走出去的脚。在厚实的鞋底上，全是女人们密密的针线，满天的星点。从这里走出去的人，就是走到天边，最终还是会一步一步走回到他从前的小土屋里。

大雪飘飞的冬天，年的气息四处敲打着家家户户的门窗。这时候，他最爱看女人们穿着大红棉袄拖着麻花大辫忙里忙外。先看那个剪窗花，那真个是"金剪银剪嚓嚓嚓，巧手手呀剪窗花，你说剪啥就剪啥。不管风雪有多大，窗棂棂上照样开红花。红红火火暖万家，暖呀暖万家！"再看作那个血粑丸子，打好一桌白白嫩嫩的豆腐，放上一盆红红艳艳的猪血，撮几许盐，配几勺辣椒粉，有条件的家庭，定要切一些肉丁掺在其间。家家的女人用力把豆腐揉碎，翻过来翻过去，调匀配料，一双手血花点点，油光水滑，变戏法似的揉来揉去，把它揉成一团。满满地抓一坨，拍过来拍过去，在左右手掌之间来回地翻滚，如蝴蝶翻飞，女人的手上生花，没几下，就被弄成一个椭圆形的丸子。再去看看打糍粑，本是几个大男人喊声震天地用两根大木棒你一下我一下往臼里夯，但最后如果没有女人们把水沾在手上把它搓成圆形再拓上红红的吉祥字画，就显不出喜庆的气氛。说到底，农村的丰收、温暖和喜庆，其实都在各家女人的手上。

一年到头，男人们总要在年底舒舒服服地歇上几天。家家的女人，都要把床上铺的陈草换掉，一律换上整洁的干草，铺盖都要浆洗一遍。床单下是新换的柔软暖和的稻草；浆洗过的蓝印花被面让他看到水洗过的蔚蓝天空，还有几朵娴静的白云；被里是家织布，浆洗得硬挺板整，贴上去却光滑干爽、柔和暖身。闻着淡淡的稻草香和浓浓的米汤浆香，在那样的夜晚，他总是能够早早地酣然入睡。许多年后，夜晚他睡在城市的高级席梦思上，总是翻来覆去睡不着，一双眼睛遥望着家乡那轮圆圆的月亮和满天的星斗。

母亲生命油灯的光亮一直照耀着他走到了大学毕业。他毕业后分配在这座城市，在城市灯火通明的夜晚，他却常常无由地生出一丝不安和无所适从。许多年过去了，他觉得那分不安和不适应在滋长、在膨胀，他变得更加盲目和烦乱。

他一次一次地回到家乡去。

然而，家乡很多东西都已经远去，村子里空空荡荡，留下来的都是些"老弱病残"，和那荒芜的田园。

他问，都出去了？女的也都走出去了？

他们都抢着跟他说，年轻一点的，走得动的，都出去了。

他没有说话。

他只好又回到他不适应的那座城市里。

他在那座城市有一份人人羡慕的工作，还有一个美丽的妻子，妻子也是一个从农村出来的女孩。结婚前有一段时间，他很高兴，他跟她常讲一些从前的故事，她认真地听着。结婚后，一听他讲从前的故事，她就皱起了眉头。慢慢地，她再也不听了。

终于有一天，他命令自己：忘掉从前，闭嘴不说。但醒着时，他发现自己身体里有一种痛，隐隐地向四处弥散。只有在梦中，他才能回到从前，那些美丽的从前，他常常笑醒。醒来，常常到自家的花园里走走。有一天，他猛然抬头，看到了一朵花开的疼痛。

（摘自《散文》2007 年第 1 期）

那些与吃有关的浪漫

陈思呈

20 世纪 80 年代末，有一段时间，母亲每天早上 6 点叫我起来跑步。母亲带着她提前起来煮好、装在保温瓶里的粥，以及我的书包。她骑着单车，我跟在旁边跑。

我家住在城市的最南端，学校在城市的最北端，我们跑了全城最长的一条路。到学校附近，我们找个地方吃完她带来的早餐，然后我去上学，她去上班。

我妈做的早餐具体是什么，我忘了。基于对她烹饪水平的了解，想必是高度营养但味道欠佳的。

比如有一段时间，她听说喝鱼头汤有助于智力发展，于是她每天炖个鱼头给我吃。又听说加盐不好，于是她非常有创意地加了牛奶和糖。那甜鱼头奶，腥得我的大脑几乎停止发育。

每天晨跑和自带早餐的做法，只是母亲无数创意中的一个。母亲的日常生活充满即兴节目，她的浪漫都是原创，信手拈来，既草根，又大气。

可口可乐刚在家乡小城出现的时候，有天晚上，她做完家务，用一种"跟我走，有好事"的表情把我招了出去。

我们先在某个小卖部买了两瓶可口可乐，然后又来到胡荣泉夜市。这是城里夜宵最集中之处。人们多数蹲在地上做买卖，旁边点着煤油灯。

母亲不知从哪里买来一块鱿鱼干，在某个她相熟的店里，用煤油灯烤了起来。很快，鱿鱼身卷起来，发出诱人的浓香。

鱿鱼之香，带着猪、牛、羊肉香味无法比拟的穿透力，在夜市各种食物的群香之中脱颖而出。

我这才知道母亲买可口可乐的原因。在她的指导下，我撕下一小片烤鱿鱼，慢慢咀嚼，再畅饮一大口可口可乐。

平生第一次喝这种具有浪漫气质的饮料，热烈的气泡噎得我直打嗝，打的嗝又带着烤鱿鱼浓烈的腥香。

我被这神奇的体验弄得又享受又狼狈。母亲则在旁边笑吟吟地看着我，仿佛我是一个初尝烈酒，就展现了惊人酒量的男人。

多年以后，对各种食材的任性搭配和大胆尝试，仍是我与小儿家居生活中重要的乐趣，那是母亲留给我的好东西之一。草根式的浪漫，百无禁忌的想象力和行动力，那自己都没有觉察的、日常的幽默感。直到她病重，去世前不久，留在我记忆中的，仍是她独特的幽默。

有一次在病房里，我在看一本画册，叫《中国一百儒士》。她要过去，仔细翻了很久。最后她把书一丢，不屑地闭目养神，说："那里面怎么没有你啊？"

说实话，我没有多少往事可以回忆，我的童年过得非常平淡。那个混沌又懵懂的小型的自己，既记不住情节，也觉察不出任何故事。

然而在某个瞬间，当我带着我的孩子，在日常生活中创造了即兴的节目——像我妈曾经为我创造的那样——我意识到，我头脑里有些内容，是她在尘世上留下的不多的东西。

（摘自《读者》2017 年第 13 期）

家有"名妻"席慕蓉

刘海北

在念高中的时候,有一天大姐命令我画一个女人。

在当时,我的美术成绩高低起伏很大。凡是成绩优异,甚至包括了一次比赛冠军在内的作品,都是大姐代为捉刀的杰作;凡是成绩低的,都是地道的拙作。

我想此时大姐命令我画一个女人,一定是不存好心,要出我的洋相。于是顿时不服气起来,拿过纸笔精心地画了一个女人。大姐接过去一看,笑着说:"你将来一定怕太太,不是怕她凶就是怕她出名。"我问她为什么?她解释说:"因为你画的女人特别壮而且大。"虽然我当时对她那一套心理测验一点也不服气,可是从此在心里种下了一些隐隐的忧虑。

进了大学,才发现自己不敢对女同学讲话。尤其是面对漂亮的女同学,简直舌头发硬,浑身发抖。尤其是听过一些唐璜型同学的自白,更是把我吓坏了。从他们那里听到的,是挫败多于成就。的确,那时代男性人数比起女性多得多了，年轻的女孩子气焰甚高。要想追到一个女朋友，最少要通过耐力、智力、定力和财力四大测验。

听到先进们这些经验谈，真使得我望女孩而却步。于是每逢假日，干脆躲在家里。

出国进修以后，失去了家的保护，同时又感到女孩子实在可爱，只好鼓起勇气来面对女孩子。正当我武装自己准备面临四大考验时，居然发现女孩子并不像传说的那么可怕和不讲理。尤其是比我们晚四五年毕业的女孩，和我们同时期的女同学们已大不相同。这些年轻的女孩会自费和你一同去吃饭、看电影。她们已经把自己提升到和你平等的地位了。

当然，那时并没有料到"名妻"就在这些女孩子中。在最初和她交往的时候，发现她最具北国气质——是就是，不是就不是，从心到口是一条平坦笔直的大道，没有一丝拐弯抹角。对我这一个既缺乏经验，而勇气又稍嫌不足的逾龄学生来说，真是最理想的对象。

"来电"以后，想到的当然是婚嫁问题。这个时候，我已经有了九成半以上的把握，她将来不会对我太凶。可是她是不是会出名呢？于是心中一盘算，她是学油画的，环顾世界各国，看画的人口毕竟有限，要想靠画出名谈何容易！于是下定决心，非她莫娶。

回国以后，名妻最初安分地作画，开画展，虽然名字也上了报，并不见得出了什么名。在这个时期，她也非常珍视她的诗才文才，偶有感触，都记在记事簿里。有一天，她灵机一动，画了一张油画并在其上题诗一首，后来这张油画在展出时居然相当轰动——那首诗得到很多好评。食髓知味，除了在画上写诗以外，还在一幅较大的油画上写了散文。从此以后，杂志出版界开始接受她的诗和画，并且常有稿约。而后，她的散文和插画，经常在报端和刊物中出现。从此她以画挤进了文艺界。因为文艺读者的人数远远地超过了看画人口，她真的成为我的"名妻"了。

最初名妻每写完一首诗，都先给我看一遍，问我懂不懂，看不看得出来她想借这首诗表达什么。有一天打开电视，正在播放国文高中教学，授课的也是和她在同一学校执教的女同事，所以就听上一听。那天的课目是白居易诗，说是白居易每成一诗，一定先请一位老妪过目，如果老妪看懂了，才算真正的完成，否则一定要改到她看懂了为止。于是我明白了，我的功用居然和那位老妪一样。

妻子出名，的确会引起一些窘事，以下略述一二。

名妻不在家的时候，总是我接下电话，请对方交代要转达给名妻的讯息。就有那么两三次，对方问我是谁，我回答说我是名妻的先生，对方顺着说："席先生，您好。"天哪，居然给我冠上了名妻的姓。一当我正名："敝姓刘"以后，对方连连地道歉，我想他这时一定比我更尴尬。身为一个大男人，多少有点是沙文主义者，要想把这件事处之泰然，非要有很高很高的涵养才行。

还有一件常常发生的事是给我做介绍的时候，介绍人为了加深对方的印象，常在介绍完了我的姓名、职业、学历甚至生辰八字以后，再加上一句："他就是名妻的先生。"日后可能没有几个人还记得我的姓名，可是一定记得我的婚姻状况。

那么，难道名妻没有带给我任何的方便吗？其实不然，让我再举两个例子供您参考。

名妻的读者，大多是正在大专就读，或刚踏出校门，进入社会担任基层工作的青年们。记得有一次计划全家出游，名妻打电话到某饭店订房。订房小姐说那一天正值假期，房间都已经订出去了。但是仍然可以留下姓名，列入候补。当名妻一报上姓名，对方说："您随时来吧，一定有房间留给您。"真是痛快极了。一些常要去办事的地方，柜台小姐先由"名妻"打点好，事情一定办得顺利。

有时候为了业务上的需要，必须和某些关键性的人物交个朋友。要交朋友必须先表示诚意。送礼吧，既俗气又有行贿之嫌；请吃饭吧，又剥夺了一次人家全家欢聚的机会，所以无论怎么做，都很难开口。后来终于想出一个妙策——送上一本有名妻签名的著作，这时他一方面很难拒绝这种"雅礼"，另一方面又觉得刘某很看得起他。送者实惠受者大方，皆大欢喜。

在家居方面，名妻也和别的家庭主妇一样，有些事喜欢做，有些事不喜欢做。

她最不喜欢做的事，恐怕就是买菜和烧饭了。提起她煮饭的历史，就我所知道的，可以追溯到她刚出国的时候。那时她天不怕地不怕，以为自己什么都会，居然有一天自告奋勇，要烧几桌菜请诸位同学品尝。当菜一上桌，引起一阵欢呼，因为每一桌上都是五颜六色，构成一幅幅美丽的图画，于是有位同学自告奋勇，冲到街上去买底片回来拍照留念。没想到大家尝了一口，就没有人再讲一句话了。从此以后，也没有人再烦过她烧饭了。新婚以后，她的确下过一番功夫，回想她外祖母曾经烧过的几道好菜，自己也来试上一试，经过几次研究改进，已能把好几道菜烧得略有水准了。不料近几年来，借写作和绘画为借口，尽量不进厨房，终于把当年苦练得来的那点功夫荒废殆尽。于是一家的膳食，多请专人或由我来料理。有时我比较忙，请她代劳一下。过了不少时间，进厨房看到她仍在慢功出粗活地做准备工作。于是为了全家人能在饿坏前吃得到饭，只好从她手中把工作接下来。做饭不行买菜总会吧，于是她承担起买菜的任务。起先全家人都很满意，只是过了一阵子岳母大人嫌她买的菜"笨"，缺少变化。她听了幽幽说："我就是吃笨菜长大的。"

每个月一到 21 号，名妻就坐立不安，因为这一天电话缴费通知单一定会准时送到。名妻和她的几个好友都是讲电话能手，一次在电话上聊个半小时是平常的事。只是家居石门乡下，电话几乎全是长途的，所以这几家大概都是电信局的标准客户。可能名妻怕我看到惊人的电话费会噜苏，所以守候邮差的驾临，接下电话收费通知就藏起来，好让我眼不见心不烦。

其实名妻也是一个很好的内助。除了煮饭以外，家里大大小小的事大多能做。我有一个"魔手"的雅号,因为一件东西一经过我的手就不见了。有时候我翻箱倒柜都找不到的东西,名妻常能在第一时间和第一地点就帮我找到。如果我出门的时候穿得实在太不像样,她会叫我回来重新换一套。我的衣服实在不像样时,她会拖着我去买新的。她已学会不擅自做主张给我买衣服,这是我用拒穿换来的尊严。

常有人问我太太比自己出名是不是很不好受。其实现在已经是什么时代了,任何人都有不幸出了名的机会。就我个人来说,除了不能忍受给我冠上妻姓之外,很以拥有名妻为乐。

(摘自《读者》1990 年第 12 期)

小镇出来的孩子

路　明

母亲对我说，你差一点点就是上海人。

那是 1982 年的 7 月，母亲在小镇的卫生院上班，离预产期尚有三周。外公外婆早早预订了上海"一妇婴"的产房。那天，父亲的朋友送来一串"六月黄"。母亲禁不住嘴馋，多吃了几口，当晚腹部剧疼，上吐下泻。妇产科的刘阿姨说，赶紧剖吧，保住孩子要紧。一柄薄薄的柳叶刀划开了我的世界。

小镇毗邻上海，1980 年后，许多回不了城的上海知青在小镇安了家。他们大多是教师和医生，清贫，有点小知识分子的臭架子。后来，又有几家内迁的工厂陆续搬到小镇，技术人员也多是上海人。

和上海人一道来的，还有蝴蝶牌缝纫机、永久牌自行车、红灯牌收音机、钻石牌手表，还有雪花膏、高领绒线衫、大白兔奶糖、回力运动鞋……加起来，几乎就是那个年代对美好生活的全部想象。羡慕之余，小镇的居民对这帮上海人不免有几分讨厌，觉得他们高傲、精明、死要面子。

像一条河汇入另一条河，时间久了，彼此也就交上了朋友。小镇人几乎都会讲几句上海话，上海人看见谁家的小姑娘穿新衣服，也会说："好看忒好看忒。"前一个"忒"升调，后一个"忒"降调，很有味道。

琴芳的阿哥讨了个上海娘子，琴芳吵着要去上海玩。国庆节她终于去了一次，却几乎是逃回来的。阿哥、阿嫂带她逛了南京路，看了外滩，在城隍庙吃了南翔小笼。晚上回到住处，琴芳吓了一跳。十平方米不到的一个亭子间，睡了三家人——阿哥的岳父、岳母，阿哥、阿嫂，还有阿嫂刚娶媳妇的弟弟。两条帘子，隔开三户人家。琴芳和阿嫂睡沙发，阿哥打地铺。半夜，琴芳尿急，又不想跑出去上公共厕所。阿嫂说，床底下有痰盂。夜深人静之时，尿滋在痰盂内壁上，发出响亮的声音，让没嫁人的琴芳面红耳赤。

不是所有上海知青的子女都叫知青子女。只有那些回不去上海的上海知青，他们的孩子才叫知青子女。

父母一心盼望我们"回去"，最好是堂堂正正地考回去。他们在教育上倾注了全部的心血——搞来上海的教材，请上海的老师补课，每天晚上收看上海教育电视台的新闻，时刻关注着上海中考和高考的政策。只有知青子女会学油画，学钢琴、小提琴、手风琴，启蒙老师通常是父母或邻居；只有知青子女会提前学英语，听"新概念"或"许国璋"，为了跟上上海学校的进度；只有知青子女会因为成绩不好"吃生活"（方言，指被打），而所谓的成绩不好，大概就是跌出全班前三名。我很羡慕那些本地同学，他们看起来无忧无虑，什么也不用学，考试不及格也无所谓。我把这个想法告诉他们后，他们说："我们才羡慕你们呢，我们回家要生煤炉烧夜饭，要割草喂猪，农忙时还要下地干活。还有，你们经常能去上海，我们可想去了，爹妈说，没钱去个屁咧。"

我家隔壁住着放射科的王医生，他儿子大我两岁，我叫他小哥哥。王医生会拉小提琴，小哥哥自然也从小练琴。每次我路过他家门前，总听见咿咿呀呀的琴声，偶尔还有王医生的怒斥声。跟小哥哥相比，我是幸福的。母亲本想送我到上海学钢琴，每周六下午出发，颠簸四五个小时到上海外婆家，周日上午去老师家里学琴，下午再颠簸四五个小时回小镇。无奈我身体太差，学了两三次就大病一场，学琴的计划只得无限期搁浅。

小哥哥中考考上了普陀区的区重点，迁户口时遇到麻烦。上海的亲戚们不愿让小哥哥落户，纷纷说家里房子太小，住不下。王医生勃然大怒，跟亲戚们决裂。小哥哥痛哭一场，无奈放弃入学资格。王医生托了关系，安排他在小镇的高中就读。那几年，说起这件事，王医生咬牙切齿："等着吧，是金子到哪里都发光。"

我不知道小哥哥是不是金子，我只看见他日复一日地沉默。有时半夜醒来，我看见他书房的灯还亮着。远远看去，像一颗孤单的星，升起在小镇寂寥的夜里。

知青子女陆续回到上海，过程并不轻松：户口、住房、学习方式都成了问题，土气的穿着、偶尔暴露的外地口音也成为他们被嘲笑的理由。在外地，他们是上海小孩；回到上海，又被当成外地小孩。有一次，一个"外地小孩"和几个上海同学发生争执，情急之下，他骂出一句"外地话"。那几个本地同学顿时笑作一团。他们捂着肚子，做出夸张的反应。战斗到此宣告结束。那个"外地小孩"涨红了脸，极力地辩解什么。最后他放弃了，颓然坐下，听凭笑骂——"巴子""阿乡""哪里来的滚回哪里去"。

不要问我是怎么知道这件事的。需要一些时间和勇气才能承认，那个落败的"外地小孩"就是我。

知青子女普遍早熟、敏感，很多人长成一副少年老成、心事重重的样子。他们大多成绩不错，数理化尤其好，毕业后工作也卖力。大概跟长年憋着一口气有关。

他们有两个故乡，或者说，没有故乡。和初来大城市的外地青年不同，他们知道自己本该属于这里，藕断丝连，又阴差阳错。这种若即若离、爱恨交加的情感，是知青子女的乡愁。

小哥哥后来考取重点大学，王医生终于扬眉吐气了一把。毕业后，小哥哥远走美国。多年后他出差回国，抽空见了我一面。三两杯红酒下肚，我问："他乡生活习惯吗？"小哥哥苦笑一声。我懂他的意思。如果说父辈曾被连根拔起，我们则生来就没有根，走到哪里，都是异乡人。

如今，没人再提什么"知青子女"了。时代造就了这个名词，随即它被迅速地遗忘。

2009 年我结婚，父母执意要求我回小镇办一场婚礼，虽然他们已经回上海居住多时。毕竟，小镇有他们的朋友，也留下了他们的青春。

那天来了许多人。婚礼很简单，没有司仪，没有抽奖，也没有歌舞，父亲上台说了几句话，大家就开吃，然后新郎、新娘挨桌敬酒。菜是实在的，酒是醉人的。叔叔伯伯们感慨着，怎样看着我一点点长大，看我离开小镇，现在又回来。他们干掉杯中酒，称赞起新娘子，说："好看忒好看忒。"

（摘自《读者》2017 年第 8 期）

松明照亮的夜晚

周华诚

有时是碾米坊。

有时是木材厂。

有时是宽敞的晒谷场。

晒谷场上的机会很少。一般只有老人大寿，孝顺儿女包一场电影，放给全村人看，这才会摆出来，在晒谷场上公然放映。鞭炮声召唤远近的人们前来。放的电影喜气洋洋，其中必有一场是越剧《五女拜寿》。另外一场好看得多，很可能会是孩子们和年轻人喜欢的武打片。幕布的两边都会坐满人。在山村幽蓝的夜空下，当剧中人举起手枪射击，靠山边的人看见他是右手举枪，而靠河岸的人则看见主人公是一个左撇子。

碾米坊也不是常态。只有当木材厂堆满了木头，放电影活动实在无法开展之时，碾米坊才会被考虑启用。碾米坊内四壁皆是尘灰，有人走动时，震动起的尘埃是米糠碎末的气息。但是碾米坊至少有门，可以方便把控，只有买了票的人才被允许进入。碾米坊实在狭小，很大一块地方让给了老旧的碾米机。碾米机靠河岸下的水流冲刷，来带动机械部件吱吱呀呀地旋转。在电影人物悠闲地走动，或是艰辛地思考之时，碾米机就会不失时机地吱吱呀呀起来，为剧情配上合适的音乐。

最好的场地是木材厂。

木材厂宽敞，也有门。窗子高而窄小，试图逃票的人完全爬不进去。在没有伐木计划的时候，这是最适合放电影的地方。

一排排的长条椅子就靠在墙边。有的条椅腿断了，随便找一块木头钉起来，跟原来的一样结实。人们一排排地坐在这样的条椅上，整整齐齐。电影一开始，全场立刻鸦雀无声。人们专心于别人的喜怒哀乐，悲欢离合。

我记得那部叫《妈妈再爱我一次》的台湾彩色故事片，让全村男女老少一起在一排排的长条椅上流眼泪，甚至有人抑制不住地哭出声来。在闪烁的光柱里，我看见放电影的人也哭了，力大如牛能扛两百斤木头的二舅公也抽抽噎噎。我也哭了，但我努力遮掩，生怕被别人看见或听见。

在人们的强烈要求下，那场电影在村里一连放了一个星期。

有人连续流了七天眼泪，因而心满意足。

我已经忘了放电影的人是谁，面孔如何。我甚至忘了看过哪些电影，也忘了电影的票价是多少。那时候我只有十多岁，还在上小学。我的暑假都在山里的外婆家度过。我只记得一个又一个山村的夜晚，我被小舅、表哥、表姐领着，沿河走三四里的土路，去另一个村庄看电影。

那时外婆家条件并不好，舅舅和表哥们也难得有什么零花钱，哪有钱经常看电影呢。我现在想来，也觉得不可思议。但是那时候，山里的人们，经济状况都差不多。每场都有那么多的观众，想来电影票的价钱也不会贵到哪里去。

晚饭后，人们隔着河岸相互呼喊对方的名字。"吃饱了吗？吃饱了就走哇，电影要开场喽。""你再等等。""不等了，我前头走，你后脚来。"

河里的水，是高山上淌下来的溪涧水，一路呢呢喃喃。河岸上的人在走，要去三四里地外的木材厂看电影。今夜放的是什么电影，他们早已知晓。头天电影散场的时候，木材厂墙外边就会挂出一块牌子，上面写着：彩色宽银幕武打故事片。

这激动人心的字句，要在人们的心头记挂一整夜，又一整天。现在，还要记挂一路。这样的字句，就像现在的人们看到的 3D 效果一样，不，比 3D 效果更富有想象力和冲击力，一路撩动小舅舅和表哥们的心弦。

我跟在小舅舅和表哥们的后面，走着山路去看电影。

山村的夜晚，有月亮的时候很亮，没月亮的时候就很黑。

我有四五个舅舅，最小的舅舅当时才十六七岁，白天经常上山砍柴。

他会把松明留下来，晒干。去看电影的路上，他在裤兜里揣一块松明。

什么是松明？山松多油脂，劈成细条，燃以照明，叫松明。

晒干的松明最宜于在很黑的夜晚使用，照亮我们去看电影的路。我们去看电影的时候，天色尚早，朦朦胧胧。对山里人来说，完全用不着任何照明设备，他们的眼睛如夜鹰，熟悉大山的每一处犄角旮旯。松明只在回家时用。

回来时路更黑。小舅会燃起那块松明，举着它，把我们一路带回家中。在石蛙的鸣叫里，在一连串的犬吠声中，那块燃着的松明，会让我们仍然沉浸在摇曳的故事当中，一路都无法自拔。

小山村的每一个夜晚，都那样令人期待。

在日常艰辛的劳作之外，在上山砍柴、下地劳作、入林伐木及各种各样的挥汗如雨、筋疲力尽之后，小舅舅和表哥们，跟其他年轻人一样，仍然充满力量地行走在山村的小道上。

去晒谷场、去碾米坊，更多的时候，是去木材厂。

我十岁还是十一岁的一个夏夜，在去木材厂的路上，走着走着，一不小心从朦胧的河岸上摔了下去，至今我的右额仍留有一个半指长的疤痕。

它与电影有关，与文艺有关。因此它虽然很难看，但我并不讳言，也从不曾想刻意遮掩。

那个夜晚，小舅舅和表哥们把我从乱石河岸边捞上来，找了一块手帕简单包扎，然后我们便继续前行，去往木材厂。我顽强地看完了那场电影。

我的额头至少包扎了一个月之久。不知道有没有脑震荡，但肯定磕伤了颅骨。整个过程没有经过任何检查，只是将各种草药混合研碎包裹在手帕里，捆扎在伤口上。一个月之后，我的伤口成功愈合。

1896 年（清光绪二十二年）8 月 11 日，一个法国人在上海徐园的茶楼"又一村"放映了一部短片，那是电影第一次在中国放映。时隔多年之后，它让千里之外的一个山村少年从河岸上摔了下去，右额因此留下一个永不消退的疤痕。

那一夜，电影依然摇曳，松明依然摇曳。

（摘自《人民日报》2015 年 10 月 3 日）

麦黄黄　杏黄黄

李　翔

　　父亲要出山做麦客去了。

　　第二天天不亮父亲就动身了。他穿一身洗得发白的蓝布衫，头戴一顶半旧的草帽，那是他去年做麦客留的念想。父亲手握镰刀，肩上挎着塞满干粮的黄挎包，对母亲说："今年想走远些，多挣几个，赶麦子搭镰了再回来。"父亲见我在被窝里骨碌骨碌地转着眼珠，指着腰间的黄挎包说："听老师话，好好念书，到时候给你买一口袋杏子回来。"

　　父亲做麦客去了。

　　我家在渭北的大山深处，这里麦子熟得晚，父亲趁这时去渭河边上的大平原替人家割麦子。父亲已做过多年的麦客，每次回来，他都要兴冲冲地对母亲和我们兄妹讲那平展展一望无际的庄稼地、轰隆隆的大汽车、一拃来长的惹人心疼的粗穗子、金黄的打着旋的麦浪。我们最关心的莫过于他肩上的那个黄挎包。妹妹伸着小手迫不及待地叫嚷着："买下杏了吗？我要吃杏子哩。"父亲喜形于色地打开挎包，伸手抓出黄亮黄亮的叫人一见就直流口水的杏子分给我们。"咔嚓咔嚓"地嚼着杏子的时刻是多么舒心美妙呀，至今我还觉得那是儿时一段少有的幸福时光。因为我们这里只有长在山坡上的野杏子，毛桃似的，又小又酸，实在难以下咽。

自打父亲离家后，妹妹每隔两天就仰起小脸问妈妈："爸爸啥时回家呀？我想吃杏哩。"母亲摸着妹妹扎着红头绳的羊角辫耐心地说："去看看地里，啥时麦子黄了，你爸爸就回来喽！"我和妹妹便飞跑到山顶的地里去看麦子。那一片片的麦地跟周围茂密的灌木丛一个颜色，妹妹抚摸着翠绿的麦穗自言自语道："噢，还早哩，麦子还绿油油的嘛！"

下过一场透雨，接着又暴晒了好多天，远远望去，披挂在坡洼里的麦地块儿渐渐泛出了淡淡的亮色，好像打上了一抹光晕。一天早上打山外边飞来一只漂亮的小鸟，那鸟儿站在门前的树梢上不住地啼叫着："算黄，算割！算黄，算割！"妹妹从炕上一骨碌爬起来，揉着惺忪的眼睛喊道："妈妈，麦子黄啦！你听鸟都叫了，爸咋还不回来呀？"母亲和蔼地说："那是稍黄，要真黄了，还得过几天。麦子没黄，你爸咋能回来哩，不信你去看看。"我跟妹妹跑到村口的大槐树下去看父亲，张望了好大一会儿也没见着人影儿。

又过了几天，麦子真的熟了。村里出去做麦客的人相继回了家，山顶上向阳处的麦子已经开始收割了。山路上行人渐渐多起来，有的挑着担，有的拉着车子，有的赶着牲口疾走，路边上散落着许多凌乱的麦穗，麦场上立起一排排士兵一样的麦捆子，空气中弥漫着干燥微香的麦秆气息。"都搭镰了，咋还不见回来？"母亲打发我跟妹妹一趟又一趟地往村口跑，她自己也忙着一次一次去向别人打听，可是一点消息都没有。母亲急了。

蚕老一时，麦熟一晌。我家的麦子能搭镰了，若再等下去，成熟的麦粒就得留在地里。要是遇上冰雹什么的，就更麻烦了，那可是整整一年的收成呀！真是急死人了。母亲心焦似火。第二天一早，母亲带领我们兄妹三个上了地。我们母子四人在灼热的麦地里整整折腾了三天，才勉强割了三亩来地的麦子。要知道今年我家种了十多亩小麦哪，母亲心焦了。

第四天天快黑时，跟在身后拾麦穗的妹妹突然举起小手喊道："快看呀，爸爸回来啦，有杏子吃啦！"我赶快抬起头看，不见人影，却忽然发现身后未割的麦子一阵潮水般涌动，有人在麦浪里伏腰挥镰，随着"嚓嚓嚓"的响声，麦子纷纷倒地。"哦！是爸爸，爸爸回来啦！"我和哥哥不约而同地叫出了声。母亲两眼霎时湿润了。父亲很快赶了过来，在他身后排着一列士兵般的麦捆子，一件件扎得结结实实、整整齐齐。父亲对我们苦涩地笑一笑，淡淡地说："路上耽搁了，回来晚了……"

我骤然觉得父亲陌生了许多，才二十来天工夫好像分开了好多年，蓬乱的长发上蒙着厚厚一层尘土，颧骨山崖般凸出来，脸颊水坑一样陷进去，暗淡无光的眼珠一下子掉进了又深又大的井口似的眼眶中，裤腿裂开一道大口子，一尺来长的灰布条有气无力地耷拉在膝盖上。妹妹兴奋地一把抓住挎包翻了个底朝天，见什么也没有，"哇"的一声哭了。父亲擦把汗，手笨拙地伸进瘪瘪的裤兜，费力地摸索出一个皱巴巴的塑料袋。他提起袋子的一角小心翼翼地往手心里倒，骨碌一下滚出一个黄澄澄的大杏子。那杏子在父亲汗湿的掌心里沐浴着落日的霞光，透射出一股奇妙迷人的风采，显得金光灿烂、耀眼生辉，那么大，那么美。父亲用手掌托着这颗孤独的杏子，仿佛托着一座巍峨的大山，手微微有些颤动，好大一会才嗫嚅着说："活难寻……没挣下钱……生了病……买了一颗……好赖尝一点……"说着父亲把杏子给了妹妹。妹妹用婆娑的泪眼看看手里的杏子，看看父亲的脸，又转身看看我和哥哥，反倒不好意思起来，眨巴眨巴眼睛，走到母亲跟前举着杏子说："妈，你吃吧。"母亲把杏子凑到唇边轻轻沾了沾，说："娃儿真乖，妈吃好了。"母亲把杏塞给我，我紧紧地攥住这颗温热的杏子，望着父亲那张瘦削、苍凉又略显惭愧的脸，悲切地说："爸爸，还是你吃吧，我吃杏仁。"父亲接过杏子在牙上碰了碰，说："多好的杏，真甜哩。"父亲说着把杏子随手给了哥哥。哥哥小心地用门牙微微咬破一点皮，舌尖舔舔，咂巴咂巴嘴，又塞给了妹妹。

原来，那年渭河沿岸有了不少收割机，雇麦客的人少了，父亲跑了好多地方都没找到活。正要回家，在麦地边遇到一个白发苍苍的老婆婆恸哭不止。一打听才得知，老婆婆相依为命的儿子死在了铜川矿井下，老人孤单无助，麦子也没人收。父亲二话没说，一口气帮老婆婆收割、拉运、碾打完毕，没收一分钱。返回的路上淋了雨，发烧了。父亲用仅剩的一分钱买了这颗杏子揣在兜里，赶了两天两夜的路，才回到二百多里外的家。

那颗唯一的杏子在妹妹手心里宝贝似的攥着，过一会儿咬一小口，过一会儿咬一小口，到第二天晚上才吃完。我把杏核细心地晾干，悄悄藏在瓦罐里。第二年春天，我家门前的院子里长出了一棵小小的杏树苗，这棵杏树就是父亲带回的那个珍贵的杏子变成的。至今，那棵杏树还长在我家的院子边上，长在我的记忆里，长在我心中。

（摘自《散文百家》2009 年第 1 期）

小张和小尹的留言条儿

张晓玲

周末照例回公婆家吃晚饭，开饭前看到桌上放着一张字条。上面写着：

小尹：我到中央公园去玩了。

　　　　　小张

这是婆婆写给公公的字条。"小尹"是我公公，今年 59 岁。"小张"是我婆婆，今年 55 岁。婆婆早上出门时公公正好不在，怕他回来看不到她而着急，所以留一张字条告知去向。可能觉得只留这么一句话要用掉一张纸太过奢侈，于是特地裁了半张纸，留言写在信纸的反面。

把信纸翻过来看，抬头是"国营第八九八厂会议记录纸 198 年 月 日"。这显然是一张婆婆曾经工作过的厂里的用纸，这张纸至少存了 20 年。

我先生给过他们一部手机、一个小灵通，然而他们只拿那两样东西当闹钟。当一个人有事出门，仍自然而然地沿用 30 年来一贯的留言方式，大概只有这种沟通方式才是他们的常态，就好像他们之间互称"小尹""小张"

一样，平淡、自然，然而却又跟一个人的左右手一样协调、默契，闭着眼睛也能把巴掌拍响，不需要特别设计。

他们是 1975 年底结的婚，我从没有见过两人的结婚照，问先生，竟然也没有见过。婆婆家里的墙上，除了挂历和经年的水渍，就是一片空白。翻相册，所有的照片都和我先生有关，公公婆婆在照片里，只扮演父亲和母亲的角色，没有扮演过丈夫和妻子的角色。

公公是共和国同龄人，是南京江宁湖熟镇上一位有名的面点师傅的二儿子，湖熟人称面点师傅为"白案师傅"，以区别于做卤菜的"红案"。我先生提起他的爷爷，总是有几分骄傲之情，因为手艺人听起来沾了点才情的边儿，显得有点传奇色彩。

公公认为他人生的转折点出现在 1974 年，那一年他结束插队，返城进了南京，从此摆脱农村生活，当了工人。第二年他经人介绍认识了我婆婆，年底两人就结了婚，次年 9 月，生下了他们唯一的儿子。

关于他们恋爱的细节，我追问过多次，没有得到过一次正面回答，他们只是笑。

"约会吗?" "呵呵。"

"看电影吗?" "呵呵。"

"一起出去吃饭吗?" "呵呵。"

"你用自行车带她吗?" "呵呵。"

我见过我婆婆最年轻的一张照片，是在我先生 12 岁那年拍的，在泰山。那年她大概 35 岁，绝对算不上美人，脸太宽，下巴太平，鼻子太翘，眼睛太小，眉毛分得太开，几乎一无是处。我第一次上门见到她几乎吓了一跳，后来才慢慢习惯。

年轻时的她除了消瘦一点外，没有显得更美。除了长得不美，她的身世也不幸：母亲早逝，父亲续弦之后不久也辞世，而继母与她的关系向来不睦。

这样一个女子，没有好的容貌，没有嫁妆，没有人撑腰，一直到她 22 岁的时候，才开始了第一次也是唯一的一次恋爱，恋爱的对象是我的公公。

当时的城市还没有怎么扩建，工厂外面就是田地。他们租了农民的房子作新房。下班回家之后他们割草卖给养牛人，一斤草两分钱，勤快一点的话，一天可以挣到一两毛。

很快有了孩子，厂里给了一间 12 平方米的简易平房。孩子——也就是我先生——长到两岁的时候，出了一起大事故。他不小心打翻了盛有滚水的铁锅，滚水从脖子往下，浇过了整个胸腹。他晕了过去，不知生死。夫妇俩都急疯了，急得浑身发抖、呕吐，脑中一片空白。

先送厂医务室，医务室毫无办法，再送儿童医院急救。整整两日两夜，孩子徘徊在生死边缘。婆婆叙述此事的时候没有告知我任何细节，她几乎在刻意回避着一切动感情的描述。她完全没有提及她的眼泪、他们的恐惧和绝望，但我知道这一切必定发生过。

我问先生："这事儿你记得吗？"

他说："你说呢？那时我才两岁。"

"两岁也该记事了呀。"他想了半天，说："只记得一件事。出院的时候，他们给我买了一个很大很红的苹果。我坐在我爸自行车的大梁上，高高兴兴地回家了。"这是那场滔天大祸的光明结尾，像伊朗电影里的场景。

他们一辈子就在一个单位，没有换过工作。单位给予他们所有的一切，小小的房子、医保和每月固定的收入，同时也耗尽了他们的生命力。他们的人生哲学是"比下不比上"，所以一生都觉得很满足、很幸运，哪怕单位最终让已经 50 多岁的他们离开，每月只给 300 元的基本生活费，他们仍然感激单位，感激单位给他们保留了医保，让他们看病时可以报销一部分费用。临到下岗前，他们两个人所有的积蓄是五万元人民币。当他们最疼爱的儿子需要买房子的时候，他们慷慨地奉献出所有，却发现他们一生的积蓄只够买一个小小的卫生间。

公公对自己相当吝啬，儿子未长大时，衣服自然是补了又补。儿子长大之后，则只穿儿子穿过的衣服。到现在他还在穿他儿子大学时代的校服：蓝色运动服，拉链早坏了，背上印着学校的名字。

对于家人，公公相当慷慨。他不善表达，但所有行动都表明了他在意家人的感受。比如婆婆就曾三次收到珍贵礼物。30岁生日时，公公给她买了一块钟山牌手表，150多元钱的手表，花去公公半年的收入，在那年代算是非常昂贵的。婆婆40岁生日时，收到的礼物是一块雕有生肖的玉，200多元；50岁生日时，公公送她的是一套黄金首饰，大概又花去公公半年的收入。

婆婆对于人生的要求也非常低。这么多年来，我从未听她说过一句嫌公公挣钱少的话。一般来说，女人是普遍有这样的心理的，但婆婆从不这样想。连对儿子，她也没有太多的期望，我先生让我经常感到不满意的地方，婆婆却总是表现出惊喜。甚至对于儿子上大学这件普通的事儿，她也总觉得不可思议。她说："你看你爸，多讷！我呢，多傻！怎么会生出个上大学的儿子呢？"

她总是说："平平安安、健健康康就可以了。有再多的钱，你能睡的就是一张床，再能吃也只有一个胃，钱多了又有什么用？"多少人挂在嘴边的人生智慧，对她来说却是刻在灵魂之中的。这个生活在城市底层的女人，以一生去实践这样一个智慧，过得愉快而幸福。

现在，她和公公生活得相当自在。去公园锻炼，和朋友打牌，看看电视，做一些好吃的饭菜。有时候她会去郊区的朋友那儿住一段时间，给他们种种庄稼，喂喂鸡鸭。我们给他们买了数码相机和电脑，公公于是爱上了摄影、摄像和出远门，现在电脑里面，存满了两人的照片。白发苍苍的时候，生活中终于只剩他们自己，作为妻子和丈夫而存在。

除非出远门，他们平时仍然不带手机，有时也会给我们留条，基本上是留给我的。告诉我要多吃，苗条不是什么好事；告诉我已经帮我把菜买好了，青菜放在哪里，蘑菇（常常写成"蘑茹"）又放在哪里；告诉我鸡汤已经炖好，拎回家就行；告诉我自行车前胎已经补好，可以骑了；告诉我地下室不是灯泡坏了，而是保险丝断了，已经装好。

以前他们叫我"小张"，但现在他们叫我"小玲"，因为我们家有两个"小张"，容易搞混。

"小张"和"小尹"最牛的一次留言，是留在了云南的一个寺庙之中。他们在旅途中偶然路过一个小寺庙，因为庙里的和尚貌似对他们儿子的命运了如指掌，让他们深信不疑。他们花了400元钱，在庙里的功德碑上刻下了"全家平安"的留言，这一次他们署上了全名。

先生听后哈哈大笑，认为他们傻得可以，竟然上这种当。但我却被深深感动，这是他们一贯的做事风格：为了他们认为重要的事，慎重地付出一切。

（摘自《读者》2009 年第 1 期）

吻

路 笛

　　吻，在人类生活中，本来是很常见的事，也是人与人之间纯真感情的流
露。但是，"极左"思潮泛滥的那个年代，对这件事却讳莫如深，如果男女
之间要吻，弄不好还要上批判会哩。

　　吻，多么神秘，又多么令人恐惧！

　　记得 1977 年冬季的天，我回老家看望久别的妻子。农村妇女本来就不懂
得什么叫作"吻"，而且自己和妻子结婚 10 年来也从未"吻"过。老实说，
我俩对吻都十分生疏。就在这天晚上，我们之间发生了一个小小的误会。当
时，我坐在煤油灯下看书，妻子也凑着这点光亮纳鞋底。在金黄色的灯光
下，我看着她那白净的皮肤、漂亮丰满的脸庞是那样动人。我想起我小时
候，爸爸、妈妈、哥哥、姐姐疼爱我时，就在我脸上吻了又吻。可是大人吻
大人的事，我却很少见过，偶然在外国电影里看到，也以为那毕竟是外国
啊！外国人能干的事，中国人能不能干呢？想到这里，我情不自禁地瞅住妻

子，在她的脸庞上轻轻地吻了一下。她吃惊地搂着我，神情紧张得不知所措。接着，我又重重地吻了一下。拍！她狠狠地打了我一个耳光。我呆了，她也呆了。过了一分钟，她竟抽抽噎噎地哭起来。这时，我心更慌了。我说："你哭什么！我是爱你呀！"

"你下流！"她小声骂我，认为我侮辱了她。

我也确实有些后悔，心想自己怎么能像外国人一样对待自己的妻子呢？我劝慰说："你别生气了，我认错还不行吗？"

经过一番小周折，我们才重新和好。

哎！都怪这神秘的吻！

不久，国家政策变了，改革像一股强劲的春风，吹遍了祖国大地。更使我新奇的是，我在许多场合看到了吻：从银幕舞台，再到许多人的家庭。

记得 1980 年的秋天，我妻子的户口从农村转到了城镇。一天晚上，我带妻子去参加舞会。她原以为舞会有新鲜节目可以观赏。可是一到舞场，看见的却是青年男女，一个搂着一个跳交谊舞。她的脸红了，头也低下了。在这种情况下，我当然不敢去跳舞，只是呆呆地陪她坐着。一会儿，她站起来不愉快地说："走吧，这有什么看头！"我耐着性子说："再坐一会儿，让你开开眼界呀！"她只得又坐下来。别看她斜着眼睛，可目光却一直没有离开那一对对舞伴。

"你看，你看！"她轻轻地对我说。

我抬头一看，有一个男子利用灯光变换，正偷偷地在女舞伴的脸上轻轻地吻。那女舞伴半合着右眼，如醉如痴。

这天晚上，往家里走的时候，她偷偷地抓住我的手。我觉着她的手暖烘烘的，软绵绵的。这是过去从来没有过的。回家后，妻子很快上床安眠了，我照习惯还要看一阵书才能入睡。在银色的电灯光下，我看见妻子那恬静漂亮的脸庞微微露着笑容。于是，我情不自禁地又在她的脸上轻轻吻了一下。这次她却闭着眼睛，一动也没动，是真的睡着了吗？不！我发现她那长长的睫毛好像在微微颤动。

　　几年来，随着工资的增加，我家生活水平也迅速上升。1983 年，我们买回了一台彩电，每晚睡觉前，妻子除了照管孩子外，主要任务就是看电视。电视内容丰富多彩，其中也免不了有男女接吻的镜头。随着时间的推移，我看见妻子的脸色在不断起变化。先是讥笑，后是羞涩的笑，最后成为满意地笑了。有一天晚上，我和妻子睡在软绵绵的沙发床上，当我要关灯时，她却挡住说："别关，咱们说说话儿。"

　　在彩色灯光下，我又看见了妻子那漂亮生动的脸庞。她用手抚摸着我的肩膀，轻声说："你吻一下我，行吗？"

　　我说："不是早吻过了吗？"

　　"不，不是在脸上，而是在嘴上。"她说完一对水灵灵的眼睛瞅着我，期待着，毫无羞涩表情——她变了。

　　我这时也受到了感染，一下子扑过去搂住她……

　　慢慢地，她推开我。"我过去真傻，只知道生孩子，就不知道两口子一块还有那么多的事情，真对不起你……"她笑着说，"过去我确实是这样想的，可是过去谁见过呢？"

　　"为这事，我还挨过你一个耳光呢！"

　　"你真坏！"她一下子又扑到我的怀里……

　　吻，这神秘的吻，终于变得不怎么神秘了。谁说这不是社会生活中一个令人愉快的变化呢？

（摘自《读者》1989 年第 2 期）

年广久和他的"傻子瓜子"

丘 健

一枝红杏出墙来

1981年8月1日那天，安徽芜湖市的闹市区——中山路19道的巷口，里三层，外三层地挤满了人。人群中，有个个头矮小，面庞清瘦，头发蓬乱的中年人，正在忙不迭地给顾客称售瓜子。在他背后的墙上，贴了一张醒目的广告，上书"傻子瓜子"。

年广久是个地地道道的小商贩，像其他同行一样，过去长期被歧视。直到三中全会的春风吹到了长江边上的芜湖，才使这个个体工商户精心制作的"傻子瓜子"放手经营，誉满江南，远销海外。像一枝红杏探头报春，中央首长为他讲了话，撑了腰，报纸作了报道，"傻子"年广久的形象也被摄入了电视镜头。

"傻子"其人

1984 年，"傻子"年广久 45 岁，在很早以前的一个荒年，"傻子"跟随父亲由蚌埠农村来到芜湖定居，摆摊经营鲜果为生。因他来自江北，芜湖人给他取了个绰号叫"侉子"。年广久从 9 岁起就跟随父亲肩搭秤盘，叫卖街头。1965 年，其父病逝，年广久便继承父业，独撑门户。他做生意一贯遵循其父"利轻业重，事在人和"的遗训。

他摆的水果摊一上街，顾客可以先尝后买，满意的，你可称它几斤，嫌不好的，尝了也不算账。遇到一些难缠的顾客，买走了水果又跑来算"回头"账，说他少给了秤，少找了零钱，他一般都不计较，爽快地补足，让顾客满意而去。天长日久，邻近摆摊的同行索性把"小侉子"喊成了"小傻子"，而他的真名反被人们淡忘了。

"傻子"坐牢

傻子其实并不傻。他的"傻"是善于经营，在"傻"中求发展。1962 年是他成家的第二年，在那苹果飘香的季节，傻子看到市场上苹果紧缺，马上拍电报给产地附近的同行，代购一批 4000 斤统货的梨子、苹果，就地分出一、二、三级，一、二级的由火车运往芜湖，剩下三级的全归代购的办货人。

这批个大、新鲜的果品一到手，"傻子"卖起了独市。白天，他叫着卖，晚上，他发了傻劲，拉起彩灯，放着音乐，把个小小的水果摊弄得热气腾腾，生意兴隆，而对面的国营门市部和其他摊贩，却显得冷冷清清。这台好戏一唱，营业额大增，钞票赚了不少，却被扣上"挖社会主义墙角""资本主义猖狂进攻"等可怕罪名。他只得锒铛入狱，稀里糊涂地被判了一年徒刑，五个月后，又稀里糊涂地被释放了。

"傻子"的经营妙诀

自从吃了这场冤枉官司，"傻子"对经营水果心灰意懒了。决心另谋生路。

1972 年，当他转向经营瓜子时，正是农村"割尾巴"，城市在"横扫"的动乱时期。为了躲避对个体户的无端歧视与干扰，他采取"游击"战术，时而拎着小篮，时而提着口袋，时而以衣作挡叫卖。也许人们喜爱他的瓜子和同情他那副傻相，一碰上他，就一手交钱，一手交货，高速度地进行无声交易。

"四人帮"垮台了，政治上的春天来到了。他以一个生意人特有的敏感，很快地看中了芜湖中山路闹市的道门巷口这块风水宝地，用一辆旧板车公开摆起了瓜子摊。

卖炒瓜子，有无货源是大事。收买生瓜子，别人都是货到付钱。可是"傻子"犯"傻"，他对出售生瓜子的农民十分热情，接待宽厚。早晨来的，他供应早点；中午来的，他招待便饭；晚上来的，他介绍住宿。他看得起农民，农民信得过他。别人愁货源断档，他家送货上门的络绎不绝。年广久的瓜子越卖越旺，人们便把他的美味瓜子和他特有的傻气联系起来，称之为"傻子瓜子"。

1982 年 12 月，国家工商管理局给他发来一份通知。通知说："年广久同志，你的'傻子瓜子'商标，业已核准……"此刻，一股暖流传遍了他的全身，他的"傻子"二字竟然载入了祖国的商标注册！

取经和降价

党的十一届三中全会后，农村普遍推行生产责任制，年广久开始能源源不断地从农村收购生瓜子，精心炒制，摆摊销售。为了迎合顾客口味，改进瓜子的品种质量，他东走南京、无锡、苏州、上海，西走江西、武汉等主要瓜子产地，拜师取经。他每到一地，就花一毛钱买包瓜子，遍尝各地瓜子的风味，琢磨它们的特点，从配料，翻炒、火候学习他们的经验，一一默记在心。他发现扬州瓜子带甜味，上海瓜子甜中夹酸，江西和北方瓜子甜中带辣，南北口味迥然不同。他还通过访问，掌握了椒盐、奶油、桂花、甘草、玫瑰、百合、辣椒、臭卤、五香等 72 个品种的不同配料，犹如一张张老中医开列的处方单。他外出调查了 100 多天，开阔了眼界。当他回到芜湖那间破屋时，一个酝酿已久的主意成熟了：要创制一种博采众家之长、融南北口味于一炉的新味瓜子打入市场。

1981 年 10 月，暂时停业三个多月的"傻子瓜子"又重新出现。令人惊奇的是他炒的瓜子与众不同，粒粒个大，饱满，进口一嗑三开，细品甜中有咸，咸中有辣，兼有草药芳香，食者无不拍手叫绝。

取经回芜后，他看到"傻子瓜子"虽然受欢迎，产大于销，货有积压，这一切无不与销售价格有关。于是，他瞄准市场销售行情，决定通过降价，再犯一次"傻"，冒一次风险，把每斤瓜子价格由 2 元 4 角降为 1 元 7 角 6 分。这一下，薄利多销，"摊位前的长龙排得更长了，有的索性带着板凳，阴雨天气也打着雨伞排队等候，高峰时，长龙几乎堵塞交通。日销售量猛增到三四千斤左右，为一年前的 50 倍，发展之快，令人咋舌。

"傻子瓜子"震动了芜湖市场，引起了市委、市政府的重视，分管财贸的副市长带着供销社、工商局、公安局的干部来到"傻子瓜子"摊头考察，到"傻子"家里参观，访问，给以鼓励，《芜湖日报》进行了报道。一时间，"傻子"成了新闻人物。"傻子"激动得满面红光，做了几十年的小商贩，只有今天才感到和别人一样高。这一天，他特别高兴，情不自禁地给顾客高抬一点称，多抓一把瓜子，表示自己对人民政府和顾客的谢意。就在这一天，多给顾客的瓜子足有 500 斤以上。

"傻子"的风格

年广久，没捧过书本，没有拿过正式工资的个体户，赢得了"瓜子状元"的称号，他对于现行的社会主义经济政策和执行这一改革的人们，是衷心感激的。为了表达他的感激心情，1980年，认购国库券3000元。1982年安徽水灾严重，他向皖南、皖北灾区各捐献5000元。1983年大灾，他又拿出3万元支援芜湖四县灾区，1万元捐助福利院。他以正当的经营，赚的钱确实不算少，可称冒尖户。他缴税从1980年9月起，每月从1100元递增到1981年11月的9000多元。每月上缴的工商业管理费也由500元增加到1600多元，并把每天卖的钱都按规定存入银行。

负荆请罪

年广久经营瓜子中有没有错误呢？当"傻子瓜子"名扬全国，经营规模扩大后，他产生了骄傲情绪，加上谋士的怂恿和私心的发作，曾有过偷税漏税等不法行为。经市工商行政管理部门严肃指责，他作了检讨，补交了税款。

去年12月，市果品公司贸易货栈因运输紧张，未能按时供应原料。年广久竟不问情由，误认为是有意卡他，一怒之下，就带了一帮人把市货栈的牌子摘下，倒挂在市委机关门口，并在他的货摊门前贴了指责货栈卡他原料的通告，还狂言："谁不支持'傻子瓜子'，谁就是反对三中全会。"当有关部门对他进行严肃批评后，他用绳子绑着自己到政府机关主动请罪，听候处理。事后，他又扛着货栈牌子，放着鞭炮，来到货栈赔礼道歉。

省委的态度

1984年3月，芜湖工商局派人和年广久商谈，要他仍回芜湖经营"傻子瓜子"。他应请回芜。下面是他到芜湖后给安徽省委第一书记黄璜的信和黄璜的复信（摘录）：

尊敬的黄璜书记，企业的整顿，经济效益要上去。我作为个体专业户，怎样才能为国家多出一份力呢？为此，我拟定1984年生产计划，向你回（汇）报。

今年生产计（划）是1000万斤，产值1600万元。只要各方面支持，完成任务是没有问题的。

首先，收购1000万斤生瓜子，可以解决5000户瓜农的产品销路。第二，国家可收各种税202万元。第三，有利于集体的收入，特别是知青店。

黄书记，我"傻子"年广久是一个微不足道的个体户。虽几经挫折，但我认定党是伟大的，党的政策是正确的。特别我从外地回到安徽，看到"振兴中华，建设安徽"八个大字，心情特别激动。我总在想：我是吃安徽粮、喝安徽水长大的人，怎样才能为建设安徽而贡献我的一点点微薄力量呢？去年，我曾用盈利捐献给芜湖3万元做救灾款，1万元给敬老院，其余的钱全部存进了银行。这些钱是人民的。如果我死了，全部交给国家。

黄书记，以前我曾向有关领导提出过计划，至今未见答复。这次计划就是我向你和安徽人民立下的"军令状"。如不能兑现，甘愿坐牢。盼望能得到你的支持。

芜湖市"傻子"年广久

3月27日

年广久同志：3 月 27 日来信收悉。

你是安徽有影响的个体劳动者之一，各方面都很关心你。你决心开拓前进，以更大的成绩来回答各方面的关怀。这是非常必要的。我预祝你取得新的进步。

我们的国家坚持社会主义制度，这是一项基本原则。在社会主义制度的前提下，适当发展包括个体经济在内的多种经济形式，对搞活经济、繁荣市场、方便群众、安置就业，起了积极作用。这是我们党的一项长期政策。我认为只要你的经营是正当的，你的合法权利和利益都会受到国家的保护。任何部门和单位都不得侵犯你。

你这个同志是有很多毛病的。有些毛病是突出的。我们共产党人允许犯错误，但允许和赞成完全是两回事。希望你认真学习党的有关方针、政策，严格遵纪守法，不要辜负党和政府对你的关心，有错误一定要改，要沿着党指引的正确轨道健康前进。这一原则对你、对其他同志都是适用的。至于有些同志不能公正地对待你，大多属于认识问题，是可以转变的。你也不必过多忧虑。

祝进步！

黄　璜

3 月 30 日

（摘自《读者》1984 年第 7 期）

只有廖厂长例外

吴晓波

那天，有人问我，如此众多的企业家、有钱人中，让你印象最深刻的是哪一位呢?

我想了很久，然后说，是廖厂长。

真的抱歉，我连他的全名都记不得了，只记得他姓廖，是湖南娄底的一位厂长。

那是 1989 年的春天，我还在上海的一所大学里读书。到了三年级下半学期的毕业实习时，我们新闻系的同学萌生了去中国南部看看的念头，于是组成了一支"上海大学生南疆考察队"。前期联络地方，收集资料，最要紧的自然是考察经费的落实。但到了临行前的一个月，经费还差很大一块，我们一筹莫展。

一日，我们意外收到了一份来自湖南娄底的快件。一位当地企业的厂长来信说，他偶尔在上海的《青年报》上看到我们这帮大学生的考察计划及窘境，他愿意出资 7000 元赞助我们成行。

在 1989 年，7000 元是个什么概念呢？当时，一名大学毕业生的基本工资是 70 多元，学校食堂的一块猪肉大排还不到 5 毛，"万元户"在那时是让人羡慕的有钱人的代名词。这封来信，让我们狂喜之余却也觉得难以置信，不久，我们竟真的收到了一张汇款单，真的是从湖南娄底寄来的，真的是不可思议的 7000 元。

南行路上，我们特意去了娄底，拜访这位姓廖的好心厂长。

在一家四处堆满物料的工厂里，我们同这位年近四十的廖厂长初次见面，他是一个瘦高而寡言的人。我只记得，见面是在一间简陋、局促而灰暗的办公室里，只有一个用灰格子布罩着的转角沙发散发出一点现代气息。一切都同我们原先预料中的大相径庭。这位廖厂长经营的是一家只有二十来个工人的私营小厂，生产一种工业照明灯的配件，这家工厂每年的利润也就是几万来元，但他居然肯拿出 7000 元赞助几个素昧平生的上海大学生。

我们原以为他会提出什么要求，但他确乎说不出什么，他只是说："如果你们的南疆考察报告写出来，希望能寄一份给我。"他还透露说，他现在正在积极筹钱，想到年底时请人翻译和出版一套当时国内还没有的《马克斯·韦伯全集》。

这是我第一次听到马克斯·韦伯这个名字，我当时不知道他是一位德国人，写过《新教伦理与资本主义精神》，尽管在日后，我将常常引用他的文字。在以后的生涯中，我遇到过数以千计的厂长、经理乃至"首富"，他们有的领导着上万人的大企业，有的日进斗金、花钱如流水，说到风光和有成就，这位廖厂长似乎都要差很大的一截。但不知为什么我却常常怀念这位一面之缘的小厂厂长。那次考察历时半年，我们一口气走了长江以南的 11 个省份，目睹了书本上没有过的真实中国，后来，因了种种变故，我们只写出几篇不能令人满意的"新闻稿"，也没能寄给廖厂长一份像样点的"考察报告"。后来，我们很快就毕业了，如兴奋的飞鸟各奔天涯，开始忙碌于自己的生活，廖厂长成了生命中越来越淡的一道背影。我们再也没有联络过。但在我们的一生中，这次考察确实沉淀下了一点什么。首先，是让我们这些天真的大学生直面了中国改革之艰难。在此之前，我不过是一名自以为是的城市青年，整日就在图书馆里一排一排地读书，认为这样就可以了解中国，而在半年的南方行走之后，我才真正看到了书本以外的中国，如果没有用自己的脚去丈量过、用自己的心去接近过，你无法知道这个国家的辽阔、伟大与苦难。再者，就是我们从这位廖厂长身上感受到了理想主义的余温。他只是市井人物中的一个，或许在日常生活中他还斤斤计较，在生意场上还锱铢必较。但就在 1989 年春天的某一个夜间，他偶尔读到一则新闻，上面说一群大学生因经费短缺而无法完成一次考察。于是他慷慨解囊，用数得出的金钱成全了几个年轻人去实现他们的梦想。于是，就在这一瞬间，理想主义的光芒使这个平常人通体透明。

他不企图做什么人的导师，甚至没有打算通过这些举动留下一丁点的声音，他只是在一个自以为适当的时刻，用双手呵护了时代的星点烛光，无论大小，无论结果。

大概是在 1995 年前后，我在家里写作，突然接到一个电话，号码是陌生的，区号属于深圳。接通之后，那边传来一个很急促、方言口音很重的声音："你是吴晓波吗？""是的。""我是湖南的。""你是哪位？""我是……"我听不太清楚他的声音。对方大概感觉到了我的冷漠，便支支吾吾地把电话挂了。放下电话后，我猛然意识到，这是廖厂长的电话。他应该去了深圳，不知是生意扩大了，还是重新创业。那时的电话还没有来电显示，从这次以后，我再也没有收到过他的消息。

这些年，随着年纪的增长和阅历的增加，我渐渐明白了一些道理。人类文明的承接，如同火炬的代代传递，但并不是所有的人都有能力、有机会握到那支火炬。于是，有人因此放弃了，有人退却了，有人甚至因妒忌而阻拦别人的行程，但也有那么一些人，他们主动地闪开身去，他们蹲下身子，甘做后来者前行的基石。

在这个日益物质化的经济社会里，我有时会对周围的一切，乃至对自己非常失望。但在我心灵小小的角落，我总愿意留出一点记忆的空间给廖厂长这样的"例外"。我甚至愿意相信，在那条无情流淌的岁月大河里，一切的财富、繁华和虚名，都将随风而去，不留痕迹。

只有廖厂长例外。

（摘自《读者》2015 年第 1 期）

平凡的日子与伟大的人生

俞敏洪

北大是改变了我一生的地方，是提升了我的地方，是使我从一个农村孩子最后走向世界的地方。毫不夸张地说，没有北大，肯定就没有我的今天。

我记得刚进北大的时候，我不会讲普通话。全班同学第一次开班会时，我站起来自我介绍了一番，结果我们的班长站起来对我说："俞敏洪，你能不能不讲日语？"我后来用了整整一年时间，拿着收音机在北大的树林中模仿广播台的播音，但是到今天普通话依然讲得不好。

我记得自己在北大的时候很苦闷。一是普通话不好，二是英语一塌糊涂，不会听也不会说，只会背语法和单词。我们班分班的时候，五十个同学分成二个班，因为我的英语考试分数不错，就被分到了 A 班，但是一个月后，我就被调到了 C 班。C 班叫作"语音语调及听力障碍班"。

我也记得自己进北大以前连《红楼梦》都没有读过，所以看到同学们一本书一本书地读，我拼命地追赶。结果我在大学用了五年时间，读了差不多八百多本书，但是依然没有赶超我那些同学。我记得我的班长王强是一个书痴，现在他也在新东方，是新东方教育研究院的院长。他每次买书我就跟着他去，当时北大给我们每个月发二十多块钱生活费，王强有个癖好就是把生活费一分为二，一半用来买书，一半用来买饭菜票。他绝不动用买书的钱来买饭票，如果他没有饭菜票了就到处借，借不到就到处偷。后来我发现他这个习惯很好，我也把我的生活费一分为二，一半用来买书，一半用来买饭菜票，饭票用完了我就偷他的。

我记得我奋斗了整整两年，希望能在成绩上赶上我的同学。尽管有些人高考考得很好，是第一名，但是北大精英人才太多了，你的前后左右可能都是智商极高的同学，也是各个省的状元或者第二名。所以，在北大追赶同学是一个非常艰苦的过程。尽管我每天几乎都要比别的同学多学一两个小时，但是到了大学二年级结束的时候，我的成绩依然排在班内最后几名。我非常勤奋又非常郁闷，也没有女生来爱我、安慰我。这导致的结果是，我在大学三年级的时候得了一场重病，这个病叫作传染性浸润肺结核。当时我就晕了，因为当时我正在读《红楼梦》，正好读到林黛玉因为肺结核吐血而亡的那一章，我还以为我的生命将从此结束。后来北大医院的医生告诉我，现在这种病能够治好，但是需要在医院里住一年。我在医院里住了一年，苦闷了一年，读了很多书，也写了六百多首诗歌，可惜一首诗歌都没有发表过。从此以后我就跟写诗结了缘，虽然我这个人有丰富的情感，却没有优美的文笔，所以最终没能成为诗人。

我知道我的智商比不过我的同学，但是我有一种能力，就是持续不断的努力。所以在我们班的毕业典礼上我说了这么一段话，到现在我的同学还记得，我说："大家都获得了优异的成绩，我是我们班的落后同学，但是我想让同学们放心，我决不放弃。你们五年干成的事情我干十年，你们十年干成的我干二十年，你们二十年干成的我干四十年。如果实在不行，我会保持心情愉快、身体健康，到八十岁以后把你们送走了我再走。"

有一个故事说，能够到达金字塔顶端的只有两种动物，一是雄鹰，靠自己的天赋和翅膀飞了上去。我们这儿有很多雄鹰式的人物，比如说我刚才提到的我的班长王强，他的模仿能力就是超群的，到任何一个地方，听任何一句话，听一遍模仿出来的绝对不会两样。所以他在北大广播站当了整整四年播音员。我每天听着他的声音咬牙切齿，心中充满仇恨。但是，大家也都知道，有另外一种动物，也到了金字塔的顶端，那就是蜗牛。我相信蜗牛绝对不会一帆风顺地爬上去，一定会掉下来，再爬，掉下来，再爬。但是，同学们所要知道的是，蜗牛只要爬到金字塔顶端，它眼中所看到的世界，它收获的成就，跟雄鹰是一模一样的。

我们这儿有从富裕家庭来的，也有从贫困家庭来的，生命的起点由不得自己选择，但是生命的终点是由自己选择的。我们所有在座的同学过去都走得很好，已经在十八岁的年龄走到了很多中国孩子的前面，但是这并不意味着你未来的路也能走好。就本人而言，我觉得只要有两样东西在心中，我们就能成就自己的人生。

第一样叫作理想。我从小就有一种感觉，希望穿越地平线走向远方，我把它叫作"穿越地平线的渴望"。正是这种强烈的渴望，使我有勇气不断地参加高考。当然，我生命中也有榜样，他的名字叫徐霞客。因为崇拜徐霞客，我在高考的时候地理成绩考了九十七分。也是徐霞客给我带来了穿越地平线的渴望，所以我下定决心，如果徐霞客走遍了中国，我就要走遍世界。

第二样东西叫作良心。什么叫良心呢？就是要做好事，要做对得起自己、对得起别人的事情，要有和别人分享的姿态，要有愿意为别人服务的精神。是不是有良心的人，会从你生活中做的具体的事情上体现出来，而且你所做的事情一定对你未来的生命产生影响。我来讲两个小故事。

第一个小故事。有一个企业家和我讲起他大学时候的一个故事，他们班有一个同学，家境比较富有，每个星期都会带六个苹果到学校来。宿舍里的同学以为是一人一个，结果他是自己一天吃一个。尽管苹果是他的，他不给，你也不能抢，但是从此给同学们留下一个印象，就是这个人太自私。后来这个企业家做成功了事情，而那个吃苹果的同学还没有取得成功，就希望加入到这个企业家的队伍里来。但大家一商量，说不能让他加盟，原因很简单，因为在大学的时候他从来没有体现过分享精神。所以，对同学们来说，在大学时代的第一个要点，你得跟同学们分享你所拥有的东西，感情、思想、财富，哪怕是一个苹果也可以分成六瓣大家一起吃。因为你要知道，这样做你将来能得到更多，你永远不会是白白付出的。

我再来讲一下我自己的故事。在北大当学生的时候，我一直比较具备为同学服务的精神。我这个人成绩一直不怎么样，但我从小就热爱劳动。到了北大以后我养成了一个良好的习惯，每天为宿舍打扫卫生，这一打扫就打扫了四年。所以我们宿舍从来没排过卫生值日表。另外，我每天都拎着宿舍的水壶去给同学打水，把它当作一种体育锻炼。大家看我打水习惯了，最后还产生这样一种情况，有的时候我忘了打水，同学就说："俞敏洪，怎么还不去打水？"我并不觉得打水是一件多么吃亏的事情，因为大家都是同学，互相帮助是理所当然的。同学们一定认为我这件事情白做了。又过了十年，到了 1995 年年底的时候，新东方做到了一定规模，我希望找合作者，就跑到美国和加拿大去寻找我的那些同学，他们在大学的时候都是我的榜样，包括刚才讲到的王强老师。我为了诱惑他们回来，还带了一大把美元，每天在美国非常大方地花钱，想让他们知道在中国也能赚钱。我想大概这样就能让他们回来。后来他们回来了，但是给了我一个十分意外的理由。他们说："俞敏洪，我们回去是冲着你过去为我们打了四年水。我们知道，你有这样一种精神——你有饭吃肯定不会给我们粥喝，所以我们一起回中国，和你共同干新东方。"这样才有了新东方的今天。

人的一生是奋斗的一生，但是有的人一生过得很伟大，有的人一生过得很琐碎。如果我们有一个伟大的理想，有一颗善良的心，我们一定能把很多琐碎的日子堆砌起来，变成一个伟大的生命。但是如果你每天庸庸碌碌，没有理想，从此停止进步，那未来你一辈子的日子堆积起来将永远是一堆琐碎。所以，我希望所有的同学能把自己每天平凡的日子堆砌成伟大的人生。

（摘自《读者》2014 年第 16 期）

80 年代中国自费留美生生活写照

王 宁 钱 婷

　　像一颗颗微小而又顽强的种子，数万名中国大陆赴美留学生默默地在美利坚合众国这块神秘的土地上生存着。然而，就像他们确切人数无人知晓一样，他们真实的生活情况也少为人知。留学生大多在国内受过严格的高等教育，出身于良好的家庭环境，或出国前有着理想的工作和良好的社会地位。然而一旦抵达美国，一切都需要从最底层开始，他们过去的生活就同这里的现状形成了激烈的冲突。文化背景、社会地位、荣辱观、道德观、人格、自尊、自信都遭到强烈的挑战。

　　综观美国历史，即使在这个由移民者组成的国家里，这种全面、复杂、激烈的冲突也是极为罕见的。欧美各移民及留学生大多有着与美国相近的文化背景，较易适应入美后生活。早期来自中国和其他地区的亚裔移民大都未受过高等教育，而且至今大多数人还聚居在各地"唐人街"中，同美国社会也少有冲突。同他们相比，近年赴美中国留学生带着几十年大异于欧美的文化传统教育来到美国，学习、生存的要求又逼得他们，尤其是自费生，同美国社会广泛接触，因而承受着以往任何种族，团体移入美国后所未有承受过的难以思议的沉重压力。他们就像茫茫大海中的几抹水草，在这土地上，为生存、为生存得好些而拼搏挣扎着。

挣钱辛苦难上难

对耳闻目染，潜移默化受几十年"唯有读书高"熏陶的留学生来讲，他们踏入美国后迈出和必需忍受的第一步，就是从事过去被他们认为最低下的工作，如保姆、餐馆洗碗打杂、侍者和送外卖等，被餐馆老板、主人家喝来差去，做最脏、最累、最下层的工作，接受那几近恩赐的嗟来之食。有位边接受我们采访边抓紧点数一周所得的朋友轻描淡写地解释说："我在点，是否值得天天被老板娘骂偷懒、扯谎的大陆人。如果在这里比别处能够多挣300美元一个月我就忍了，如果只多100美元，我就辞工。"我们那位朋友曾经傲气贯天，自诩康德关门弟子，如今为人自尊心的价值是每月200美金。一经点破，不禁黯然神伤。

自尊心受到挫折也许还不足以使成熟的留学生过度悲伤，真正使人内心苦痛、流血的是他们往往面临着更折磨人的诱惑，即主动出卖自己的自尊，以求得生存。当一个受过良好教育的女学生每天涂口红、画眉毛，下课后匆匆赶去餐馆，陪笑取悦就餐的顾客以获取多于往常的小费时，她内心的苦楚会让她年迈的母亲失声掉泪；至于忍受一些粗鲁好色的老板的欺负以保持一个较能挣钱的位置，更是这些从小娇生惯养的女孩子所难以向自己父母和内心交代的事。

血气方刚的男生也许秉承了"宰相肚里能撑船"的心胸，不常抱怨工作低下有失自尊。但旁人从他们言行中却不难体会其中苦痛。纽约、旧金山等处中国男自费留学生几乎都干过送外卖工作（包括暑假大量涌入这些大城市打工的外州学生）。这工作是按地址把顾客订的饭菜送上门去。由于收入绝大部分靠客人所给小费多寡而定，留学生就想方设法多挣小费。他们互相间交流的方法有：上门后大声问好，夸奖顾客房间豪华，子女漂亮，小狗英俊（其实有的狗比小猪都难看和讨厌）；下雨天有意不穿雨衣，把自己淋透；告诉对方自己今天从别处得了好多小费，言下之意请您也手下大方。一些不善用英语同顾客周旋的干脆直截了当向对方乞讨。我们有位朋友一次向一个面孔铁板的老太太讨一美金失败后，转口五毛即获成功。我们认识这位朋友在中国的妻儿已有多年，内心里真为他们难过。

读书人大多把自尊看得重于金钱，但只身挣扎在一块陌生的国土上，昂贵的学费都要靠一双手一点点挣出，许多人不得不有所取舍。既然身上除一双手还有它物可以出卖，很多人就暂作权宜之计了。然而，虽说久而久之能麻木一些，但这心中的隐痛是很难彻底驱走的。

省钱克己又克人

挣钱不易，留学生就注意了省钱。省下用在自身上的钱自然毫无问题，但省下用在朋友身上的钱和时间（这里时间等于金钱），留学生常会受友情、良心和时间、金钱相争夺的苦苦折磨。

受过高等教育的中国年轻人谁都愿意助人为乐，但在生活动荡、为生存忙碌自顾不暇的压力下，许多人都发觉助人为乐已成为一种享受不起的奢侈品。渐而渐之，凡事不求人和助人图报便成了他们的座右铭。朋友间的你我之分，也相当明白和公开化了。

为省房租，中国留学生大都三五人挤住一套公寓，合用厨房冰箱。最初时大家都能有吃同享，但时间一长，或某天因某事引发，朋友间就开始分起了你我。经济上的巨大压力使生活中某些难免的小误会、摩擦成了大冲突的温床。怀疑别人吃用自己放在冰箱中的食物，有些合住户甚至每天在自己牛奶盒上刻下道道，以便明察秋毫，维护自己的利益。

　　作者之一刚来美国时举目无亲，两眼一抹黑，后经朋友介绍找到一份工。当时自然去电并登门千谢万谢。然而，数月后竟听说这朋友正等待着我们挣钱后付酬金感谢他介绍工作之情。作为受惠者，我们自然十分感谢这位朋友，但绝没想到在美国，为朋友打个电话介绍一份工作要收现金酬谢。在美时间一久，我们慢慢发现，不少人之间的互助一脚去一脚来非常分明。开始时是我帮你这，你帮我那，或我已帮过你那，你也要帮我这。而且，撇开个人的差异，留学生来美时间越长，这种直截了当、一来一去的"互助"倾向就越明显。助人成了一种投资，目的是为了图报。并且在不少人眼中，这必须是直接的、短期的、下次即兑现的图报。

雄心有余力不足

　　留学生在出国前大都是心怀大志的佼佼者。尽管不少人怀才不遇，在国内未能充分发挥自己潜力，但至少他们精力充沛自信心十足。然而到了美国，留学生在语言等方面比别人起步晚了廿年，在种族、国籍（外国学生身份）上又受到种种限制，所以在激烈的个人奋斗、竞争中纷纷感到心力交瘁，自信心遭到极大打击。有很多人都是出来第一次看到自己有所不能，并将一辈子在力不从心的情况下在此苦苦挣扎拼搏。在这种打击下，一些人就自甘沉沦，不再对自己有高标准要求，过一天算一天；另一些人苦恼于折磨人心的失落感，时常抓紧一切机会向人吹嘘他本人那些捕风捉影的成就，以求得某种心理平衡。刚来美国的留学生都很不习惯某些朋友那种自夸不谦的作风，但时间一长，他们就慢慢能体会到这些朋友在长期寂寞和不得意中酝酿的微妙情感。我们曾被好心的朋友告知：既然你也有向人一吐的需要，你就有义务聆听别人的倾吐或吹嘘。

　　如果说面对剧烈的竞争，留学生深感精力有限是限制他们自由的内在因素，那么不少人想长期留在美国则是另一个外在的限制力量。

留学生初来美国时总抱有"条条大路通罗马"的信念，认为靠自己的专业知识、技能，可以在此打开一条路来。不少人带着一大叠国内朋友的介绍信和自己收集的国内新产品以及厂方委托书，兴致勃勃赴美想在中美经贸、文化等方面做点工作，计划根留在美国，人走于两岸。可是，几经波折后他们便会发觉这事是万难办到的。美国人见了朋友的介绍信，最多请吃一顿饭就把你打发了；你带来种种想投入美国市场的国内新产品，如没强大经贸促销手段，再好也没有人会要。

既能留在美国又能体面挣钱的路难以走通，留学生连不顾一切只要能办居留的路也只有不多的几个选择。去年底纽约地区传出"招收护士培训，毕业后可申请办居留"的消息，几百名学生在该培训中心开门当天一拥而至，而其中没有一个是原护士专业的学生。随着报上"电脑、电力机械专业人才趋于饱和"的一再警告，中国留学生转向会计、双语教育等专业的人数激增猛涨。对于不惜一切代价想留在美国的人，每天从事为自己不喜甚至痛恨的学习、工作只是"失之东隅收之桑榆"，尚能忍受；但绝大多数留学生出国前都已受专业教育和工作多年，很难委屈自己为留美而放弃孩提时的痴梦和青年时创一番事业的愿望。

自由亦需付代价

PRIVACY（隐私权）是被美国人奉为像自由、正义一样神圣的权益，但它对中国留学生是如此陌生，我们竟一时找不到适当的词来确切翻译它。它可译为隐私权，但又有个人权益、自由、我行我素、我爱干什么就干什么、别人无权过问等多层含义。

赴美前，留学生们都生活在一个互相制约力很大的社会环境中。个人的行为常在旁人直接、间接的观察、了解和监督之下，他不仅要对自己负责，还要对家庭甚至朋友负责，做事常要考虑别人会怎么想，自己的行为会给家人等带来什么荣辱。美国全国广播公司在一个大型专题"变化中的中国"中告诉美国观众：在中国，如果一对夫妇在家大吵大闹，邻居们会聚在一起"开会"议论，然后常常会上门去劝解了解情况，看看有什么可帮忙的。不少美国学者指出，正是这种人与人之间的互制力，保证了一个较高的社会道德准则久久不衰。

来美后，留学生们发现自己似乎进入了一个拥有极大程度个人自由的环境。他们身边很少有人了解、关心（监督）他们。只要战胜了一个内心的自我，他们几乎想干什么就可干什么 * 没有人会注意或者干涉他们。于是，颇有前途的昔日大学讲师给人做家务洗内衣；事业心极强的舞蹈演员服侍怪癖的残疾老太太；小有名气的画家在街头卖艺；远在故乡有妻儿老小的一家之主在这里常常光顾那见不得人的地方；上超级市场购物浑水摸鱼暗中夹带……除了金钱对自由的限制，几乎所有的中国留学生都欣赏这里个人所拥有的自由。

留学生们很清楚地知道，他们目前的行为，同亲友们和他们本人多年养成的道德准则荣辱观念相去甚远。为摆脱双重人格的煎熬，他们就尽量不让亲友们了解他们的生活状况。因此，国内留学生家长、亲友们中间泛泛广传的大多是留学生住洋房、买汽车、挣大钱的皆大欢喜故事。即使传入国内信息中带有"有损"子女亲友形象的内容，也被善心好强的父母删去不传。因此，赴美留学生在美生活情况在国内即成了反常的"好事传千里，恶事不出门"。

瞒过了国内亲友，剩下的就是避开这里的熟人了。作者之一初入美国在做工时喜遇上海外语学院同学。谁料对方对喜出望外的热情招呼仅报以微微颔首，拒不相认。数月后由同事者口中得知，这位出身书香世家的同学已弃学做工，并与另一女同学同居了。惧于昔日同学的了解、议论，连他乡遇旧友都不敢相认了。

在美数年，一件使我们非常惊讶的事就是不少留学生对新结识（尤其在打工处）的人都隐去真名，用随手拈来之名相代。新起的英文名字，假的中文名，中西结合之名，应有尽有。目的是使人不知你的底细，目前和将来都不会构成对你的制约、威胁。姓名本用于称呼一个人，少有意义，但我们发觉在美国这几乎是唯一仅存的使留学生有所约束的外在力量了。如果一个人把他的姓名都摆脱了，那他就不必担心他的亲友、过去的社会环境会给他带来任何制约力，因为他们已不知道他的现在生活了。

当一个人斩断了所有外在约束力，唯一制约他行为的就只有自我约束力了。慎独是人类道德准则的最高境界，对生活动荡不安的留学生来讲，这几近是苛刻不现实的要求了。

姓名本无具体意义，为便于称呼起见起个英文名亦无不可。但一位留学生说："我至今难忘读《三国演义》中张飞那句话时的激动心情：万军对阵两将出马，猛张飞横矛大喝：'大丈夫坐不更名，行不改姓，张飞是也！'他神色黯然而又坚定地补充说："姓名与发肤均受之于父母，我永远不会改变它！"

时光飞逝又一年，成千上万中华民族的优秀儿女在美国这块神秘土地上学习、工作，拼命努力着。若干年后回国（或许只是探亲），父母亲友们所看到的也许是个外观内在、名字和内心都改变的人。但不管经历了多少艰难困苦，特殊的生活经历将他们磨炼成顽强、沉毅、坚韧不拔、百折不挠的特殊的一代。他们必将对"让世界了解中国，让中国走向世界"作出他们特殊的贡献。

（摘自《新民晚报》1989 年 8 月 13 日）

罗声雄

迟到的罗曼史

从 1973 年起，陈景润在解放军 309 医院治疗顽固的腹膜结核病。这所医院位于北京西北郊，离颐和园还有十来华里。陈景润先后在这里度过了两年光景，他的后半生和这所医院结下了不解之缘。

陈景润经过精心的治疗，又加上作息正常，伙食改善，病情明显好转。此时的陈景润已经 45 岁了。

1978 年，武汉军区 156 医院的年轻女医生由昆来到 309 医院进修，也许是天作之合，156 医院的派遣决策，成就了一桩美好的姻缘。

陈景润在这里就医多时，大多数医护人员都认识这位著名人士，他也熟悉了有关科室的许多医生、护士和职员。一个时期，陈景润成了医院的人们关注的焦点，成了人们茶余饭后的聊天主题。

陈景润在一群身着白大褂、头戴白布帽、面戴大口罩的人流中，发现了一双陌生的眼睛，水汪汪，明亮有神。她身材苗条高挑，姿态优雅动人，他不禁一阵心动，心里滋生出一种从未有过的感觉。

由昆生于辽宁，家住武汉，是一位军队干部的女儿，芳龄27岁，她珍惜进修机会，正在专心致志地学习放射科各种业务，对陈景润毫无感觉。

陈景润没有与女性打交道的经验，更无谈恋爱的经历。像在数学中遇到难点一样，此刻，他遇到了需要突破的生活难关。他设计着第一次接触由昆的种种方案，其中心环节就是如何寻找一个双方接触的借口，又要表现出纯属偶然。

机会终于出现了。一天，由昆在一处平台上诵读《英语900句》，陈景润装作无意的神态，走近由昆，轻轻地说出了一句精心策划的语句："我们一起学吧，这样进步快些。"可不是嘛，两人一起学外语，你听我说，互教互学，自然效果倍增，完全合乎逻辑。数学家感觉到了自己的高明，丝毫不觉得这句话的唐突。由昆心直口快地答道："您学您的，我学我的，干吗一起学？"

在没有任何突破的情况下，陈景润又向前迈了一步，邀请由昆到他的病房去学英语，他说，这样效果更好一些。姑娘婉言谢绝，说道："医院早有规定，不许打扰您。"陈景润赶紧声明："没有关系，你与别人不一样，随时欢迎。"由昆不置可否。

一天，由昆随意问道："您怎么天天吃面条？"陈景润并不直接回答这个问题，反问道："你爱吃什么？"由昆说："我爱吃米饭。"于是，陈景润对面条米饭大做文章，然后，冒出来一句比"一起学英语"更具挑战性的话语："那好啊，你喜欢吃米，我喜欢吃面，我俩正好互补。"聪明的姑娘自然明白他的用意，她的面颊微微泛红，活泼的眸子在闪动。

还是从学英语着手。《英语900句》中有一句是"I Love You"，不久，陈景润又逢由昆学英语的机会，不用羞于启齿的"我爱你"这句母语，而用英语向由昆深情地念出了那几个音符，明白无误地表达了对她的爱慕之心。由昆不觉一惊，毫不迟疑地回答："这不可能!"

陈景润对任何事物的追求，一向是坚韧而执着的。现在，他既然已经向她打开了心扉，再也用不着遮遮掩掩，用不着寻找什么借口，一有机会，就接近由昆。她几乎招架不住他毫不停息的进攻，她的心灵深处，掀起了一阵一阵波澜。

一向活泼开朗的由昆，此时陷入了冷静的思考，"他已 45 岁，我才 27 岁，年龄相差如此巨大。"这是她的最直接的第一反应。"他像一个书呆子，而自己生性活泼好动，他的性格与脾气，他的生活方式和生活习惯，自己恐难适应。"这是她最大的担心。"他是一位知名度很大，地位很高的科学家，而我是一个普通的医务工作者，反差如此之大，可畏的人言，会不会指责我在追名逐利?"这是她最严重的顾虑。她决定再次拒绝陈景润。

陈景润没有灰心丧气，如同他研究数学一样，越是艰难越向前。不过，他改变了策略，放慢了进攻节奏，重在感情交流。

由昆并非无动于衷。她早就从新闻媒体，从医院里的同事们那里，了解到陈景润的身世，知道他苦苦奋斗了大半辈子，取得了骄人的成就。她崇拜他为科学而献身的精神，同情他多灾多难的人生。她的脑海里，虽然几乎填满了"这不可能"四个字符，但爱的因子却在生长，并且呈现膨胀的趋势。年龄的差距应该不成问题，生活习惯可以慢慢适应，但是，人言的可畏似乎难以抗拒，她陷入了矛盾之中。

她写信给她的父亲，请一直关注她婚姻大事的长辈给她出主意。父亲经过深思熟虑，给女儿写了一封长长的家书。信中有这样一段肺腑之言："陈景润是认真的，你不要拒绝命运多舛的陈景润，不要伤他的心。"看着父亲熟悉的、动情的文字，想着父亲慈祥的面容，女儿哭了，父亲的信，解开了她思想上的结。她摆脱了世俗偏见的阴影，她的思想豁然开朗，终于作出了决定：和陈景润交朋友。

从此，他们的来往更多了，交谈更深了。她不断地发现陈景润那些蕴藏得很深的优良品格。

由昆拿定了主意以后，便向求爱者发起了进攻。"你是大数学家，有好多人崇拜你，什么样的女孩子不找，为什么偏偏选中我？"陈景润不会用美丽的词藻来表达自己的感情，只讲了一句实实在在的心里话："我想过了，如果你不同意，我就一辈子不结婚。"虽然答非所问，却是她所期待的最好答卷，由昆异常激动。陈景润第一次获得了爱情。

陈景润非常珍惜这难寻的爱情。为了加强它的牢固性，他努力改变着那些不合时宜的、可能让由昆不高兴的外部形象和言谈举止。一向冷漠的表情变得满面春风，一向邋遢的穿着开始变得利索。因为由昆是军人，他也弄来一身军服，穿在身上，似乎是在向恋人表示他的忠心。

他的家庭生活始于 50 岁

经过两年的恋爱和磨合，1980 年 8 月，陈景润和由昆登记结婚。

47 岁的著名科学家的婚姻大事，成了周围人们议论的热点，人们期待着一个热烈而隆重的婚礼。

按照陈景润的经济实力，他完全可以把新房布置得典雅、豪华，把婚礼办得时尚、隆重。然而陈景润舍不得多花一点时间，舍不得多花一分钱来筹办他们的婚事。他对未婚妻说："家具也不用买了，床有现成的，桌椅咱们就用单位原来租借的，就蛮好了。"还是由昆建议："是不是买一套沙发，来了客人也好有一个坐的地方？"景润勉强同意买一对简易沙发。除此之外，他们没有添置任何新家具，更没有购置时兴的家用电器。由昆把刚刚分配给他们的一套小两间居室收拾得干干净净，铺上新的床单和被褥，勉为其难地营造着新房气息。

人们没有等到想象中的隆重婚礼。第二天，陈景润背着书包来到数学研究所，向同事们散发喜糖，向人们通报他的新婚之喜。晚上，他赶到友谊宾馆，向正在那里出席国际数学学术会议的数学家们发送喜糖。华罗庚、陈省身等许多著名数学家都向他表示祝贺，他们庆贺这位曾经不幸的同行终于建立了美好的家庭。华罗庚还专程赶到陈景润的新房，送去一对茶杯，令新婚夫妇感动不已。

由昆有较长时间的婚假，陪伴她的夫君，度过了幸福的蜜月。新婚燕尔，新郎又回到他的数学王国，日夜劳作。新娘半夜醒来，桌上的台灯还亮着，他还趴在桌上写写算算。她劝他早点休息，他却说："没关系，这里的乐趣，你是体会不到的。"

家庭生活，洗洗涮涮，锅盆碗勺，不免打断学者的思维，尽管新娘十分小心，生怕干扰他的工作，但日子长了，总会有些磕磕碰碰。再加上名人新婚，造访者、祝福者络绎不绝，使他难以得到较长时间的宁静。

在北京度过蜜月以后，由昆回到了武汉。临行前，她再三叮嘱陈景润，一定要吃好睡好，好好照顾自己。

两地分居是当年许多中国家庭所面临的问题，陈景润也不例外。当许多人强烈要求解决这个问题的时候，陈景润却与众不同，没有提出这个要求。照说，他是名人，这个问题不难解决。一年以后，他们有了孩子。由昆一个人带孩子在外地生活，有很多困难。在邓小平的亲切关怀下，1983 年，由昆调到北京解放军 309 医院。同时，他们也从那两间小屋搬到四室两厅的高级住宅，真正开始了家庭生活，陈景润时年五十整。

这时，由昆更有条件营造他们的小家，更有可能改变陈景润那些不科学的生活习惯和生活方式。

陈景润习惯晚睡早起，每天睡眠不足四五个小时。有时，为了不间断思维，通宵达旦，彻夜不眠。这种生活与工作习惯是长期形成的，难以改变。由昆一方面尽力适应，不去干扰他，自己待在另一个房间看书学习，或轻手轻脚地做些家务事；另一方面，也提醒丈夫不可过度劳累，安排他早点睡眠。她一直担心丈夫超负荷的运转，会使他的健康状况恶化，但她的提醒往往效果不大。

陈景润生来爱静不爱动，更不去锻炼身体。由昆又担心他长此下去，身体会僵化。她批评丈夫惰性十足，告诉他锻炼的必要性。陈景润并不反驳，一笑了之，依然如故。

吃过晚饭，由昆动员丈夫下楼溜达溜达，他总是舍不得时间，她不得不拉着他去溜马路。于是，人们常常在中关村纵横交错的道路上，看到一对恩爱的夫妻。后来，由昆的表妹来帮助料理家务，由昆也叫表妹搀扶陈景润到外面走一走。表妹不好意思，由昆喜欢开玩笑，对表妹说："你不要嫌你姐夫长得丑，其实他是蛮精神的。"逗得丈夫哈哈大笑。

由昆筹备了一个简易的健身房，强迫丈夫每天操练几次。陈景润倒也觉得新鲜。开头按计划练了几天，不久，他便敷衍塞责，估摸着夫人快下班了，赶紧骑上健身器，装模作样地运动起来。

由昆的另一个"任务"，是要改变他不讲卫生的习惯和改善过于节省的饮食，这个"任务"的难度是外人难以想象的。

陈景润一贯疏于洗理，再加上当时到外面理发洗澡都要排队，他更舍不得花时间去理会这些琐事。由昆自己动手，帮他理发、刮胡子、剪指甲，强迫他洗澡换衣服，强迫他每天刷牙，并手把手地教他如何刷牙。她给他制订了"卫生守则"：一天刷牙两次，一周洗澡两次，两天刮一次胡子，两周剪一次指甲。陈景润慢慢地学着，做着。

由昆是一位医生，她懂得营养学，她会用有限的资金去为丈夫获得足够的营养。经过一段时间的调养，当人们见到陈景润时，问他："你夫人给你什么好吃的了，长得这么好？"他不作正面回答，只是骄傲地一笑。

儿子欢欢的诞生与成长，给他们的小家庭带来无穷的乐趣，也给由昆带来更多的劳累。

温馨的小家庭使陈景润享受到生活的乐趣。夫人的精心调教，使他逐渐有了种种爱好。

他开始喜欢听音乐，也渐渐地喜欢上了鲜嫩的花草。他并不追求品种的高贵，更舍不得花钱去买现成的花木，他仅仅在阳台上种些小葱大蒜、萝卜白菜之类，浇水施肥，乐在其中。

一位伟大的女性

当由昆作出与陈景润结为生活伴侣的决定的时候，她已经准备好了为她所爱的、为她所崇拜的数学家作出牺牲。

对陈景润事业成功的敬仰，对陈景润不幸人生的同情，或许是她选择他的最原始的动因。随着他们共同生活时间的延续，她发现了他更可爱的品格，他善良、单纯，他执着、坚韧，他有与人为善的宽厚，又有一丝不苟的严谨。

由昆年轻漂亮，活泼开朗，与陈景润形成较大反差。当他们结合的时候，世俗的人们议论纷纷，"不知道她图什么"是他们头脑中最大的疑问，她所受到的精神压力是难以言状的。

她一方面尽可能地适应陈景润的生活习性，让他仍然保持专注于科学的品格，不能把他改造成什么都关心的俗人，否则就是她最大的失误。另一方面，她要用爱的力量，用自己的智谋，去改变他不科学的生活方式。她要用自己的辛勤劳动增进他的身体健康，保证他的科研工作。一个人几十年形成的习惯是难以改变的，要陈景润去掉那些顽固的不良习性更非一日之功。

她有她的工作，她有很强的事业心。医院工作的繁忙是人所共知的。8小时满负荷的运转，还有两三个小时的往返路程。每天，她疲惫地回到家里，放下提包，不是洗洗涮涮，就是弄菜烧饭。饭后，要陪同丈夫散步，以活动其筋骨。接下来便是丈夫开始工作，自己学习业务，守着他熬夜，督促他早点休息。哺养孩子更是她一个人的事情,他虽然想帮一把,那不过是帮倒忙。她在家里的辛苦程度,超过上班的 8 小时。她曾对她的女同事感叹地说:"我要照顾两个孩子,一个老小孩,一个小小孩。"这句话形象地道出了她的辛苦程度。

从 1980 年结婚到 1996 年陈景润离去,他们共同的生活时间只有短短的 16 年。前 3 年是两地分居。从 1984 年起,陈景润病了 12 年。而且最后几年,他几乎是在医院里度过的。

由昆是一个医生,她预感到他的身体会垮掉。她想尽一切办法,采取各种可能的措施,帮助他增强生理机能,增进他的身体健康。除了安排好他的伙食和帮助他锻炼,她还到处访医求药,企图延缓他的衰老。她每天下班,便马不停蹄地奔向医院,陪伴她的夫君。尽管有专人护理,由昆还是不放心。而且,陈景润喜欢看她的样子,喜欢听她的声音,每天总是眼巴巴地盼望她的到来。他长时间地紧紧握住她的手,听她说话,他也用只能让她听得懂的话,倾诉他的感情。由昆说:"我该走了,欢欢还没有吃饭。"陈景润才松开手,目送妻子离去。

在陈景润的最后岁月,由昆去医院更勤了。他已经不能自理,一个护理人员忙不过来。由昆白天累了一天,晚上还要去帮他洗洗涮涮,帮他换衣服,帮他翻身。他的痰吐不出来,帮他吸痰,协助他呼吸。他的眼睛睁不开,她帮助启动。他不能吞嚼食物,由昆常常熬一锅鸡汤,一口一口慢慢地喂着,然后轻轻地拍拍他的后背。

他匆匆地走了,由昆紧紧抓住他的手,悲痛欲绝地呼喊:"先生啊,先生!你不能走,你不是要看着欢欢长大,看着他上大学吗?"

对他们共同生活的艰难的 16 年,她无怨无悔,她实现了自己纯真的爱的理想,"我感谢命运,它安排我与先生相识、相知、相爱……"

(摘自《读者》2003 年第 1 期)

稼先与振宁

高 岩 漆 露

在 20 世纪的科学天幕上，有许多令炎黄子孙感到自豪的闪亮星斗。其中有两颗巨星分别升起在太平洋两岸，它们交相辉映，熠熠闪烁。

身居大洋彼岸的是美籍华人杨振宁教授。他与李政道共同提出的宇称不守恒原理，开辟了微观粒子研究的新天地，荣膺诺贝尔物理奖，饮誉世界。

立足中华大地的是中国原子弹、氢弹事业的先驱者邓稼先院长。他为了点燃神奇之火，殚精竭思，辛勤耕耘 30 年，功高盖世。

一

杨振宁和邓稼先两家可谓世交。

杨振宁的父亲杨武之祖籍安徽合肥，留美归国后，在清华大学任教授。邓稼先的父亲邓以蛰祖籍安徽怀宁，他专攻美术史，也曾在美国留学，被聘为清华大学哲学系教授。合肥与怀宁本就相距不远，又在千里之外同校供职，两位教授备感亲切，视为同乡。他们两家都住天清华园西院，相邻而居，只有一墙之隔，关系相当密切。

杨振宁生于1922年，是家中的老大。邓稼先比杨振宁小两岁，上面已有了两个姐姐。他俩虽然不是亲兄弟，却因年龄相近，常在一起玩耍，情同手足。

稼先和振宁真正成为好朋友，是在上了中学以后。他俩先后考进崇德中学，这是一座英国人办的教会学校。振宁早两年进校，他天资聪颖，才思敏捷，是个老师和同学都喜欢的"机灵鬼"。稼先也很聪明，但性格较为沉稳，待人忠实厚道，真诚可靠。这两个朋友在一起，互相珍视对方身上的优点，并看作自己性格的补充。在课余时间，他们常常形影不离，或是趴在地上玩弹球，或是在墙边以手代拍，模仿壁球游戏，或是在一起谈天说地。两人相处时，常常是振宁指手画脚、口若悬河，稼先则是面带微笑、洗耳恭听。

稼先的母亲舐犊情深，时常做些可口的饭菜送到学校。每逢这时，他便叫来振宁一同享用。母亲看着他们把食物吃光，再返回清华园。

卢沟桥事变，日本侵略者的枪炮声打破了他们无忧无虑的学校生活，这对小友也被迫分离。杨武之举家迁往昆明，杨振宁随家南下。邓以蛰因患肺结核咯血不止，只好留在清华，租了小房暂住。因为崇德中学是英国人所办，日军不敢贸然令其停学，所以稼先继续读了两年，于1939年随大姐邓仲先也到了昆明。

二

北平沦陷后，清华大学、北京大学、南开大学均迁往云南昆明，于市郊一片起伏不平的丘陵间，合并组建起西南联合大学。这所抗战期间名扬全国的高等学府，拥有许多著名的学者和教授，可谓群英荟萃。

　　杨振宁于 1938 年考入西南联大物理系，本科学习结束后又进修两年硕士研究生课程，所以他总共读了 6 年。邓稼先于 1941 年到达昆明后，也考入西南联大物理系，在校学习 4 年。这样，他俩共有 3 年在同校同系学习。

　　战争打乱了正常的教学秩序，也给振宁和稼先造成更多的接触机会。他俩相差三个年级，可是在野外躲避空袭的时候，却可以随时相伴了。当初崇德中学的一对顽皮小友，这时已成为英姿勃发的年轻大学生，他们的关系依然水乳交融。振宁志怀高远。谈吐中常以天下为己任，同学们俏皮地称他"天将降大任于斯人也"。又因他头脑聪明，反应敏捷，外号叫"杨大头"。稼先为人朴实忠厚，和善可亲，同学们亲昵地称呼他"邓老憨"或 Pure（英文纯洁、纯真之意）。

　　西南联大的学习生活，对振宁和稼先一生都很重要。他们学到了丰富的物理学知识，也锤炼了意志，增强了友谊。他们亲身体验到民族被蹂躏的痛苦，决心掌握先进的科学知识，将来对富国强民做出自己的贡献。

三

　　1945 年抗战胜利后，杨振宁报考公费留学生被录取，到美国芝加哥大学攻读博士学位。邓稼先在西南联大毕业后，随校北上，在北京大学任物理助教。后来，邓稼先也考取了留美研究生。在赴美之前，他写信征求振宁的意见，到美国哪所大学就读较为合适。振宁经过仔细斟酌，建议稼先到印第安那州普渡大学进修。原因是，一来此校离芝加哥很近，两人可以经常见面；二来普渡大学理工科水平很高，排在美国理工大学的前 10 名之内，而且收费低廉，经济上易于保证。

　　稼先采纳了振宁的建议。正好这时振宁的弟弟振平要去美国上大学，于是杨父将振平托付给稼先，二人结伴而行，于 1948 年同乘一船到达旧金山。稼先将振平送到芝加哥振宁处。然后到普渡大学就读。

二次大战结束后，世界科学技术飞速发展，人们认识到核物理的重要性，它成了世界性的热门学科。稼先和振宁不约而同地意识到，掌握好这门学问，是到达科学前沿的必经之路。两人所选的专业都是理论物理，亚学科都是理论核物理，而且他们的博士论文也同属原子核物理范围。

1949年暑假，稼先来到芝加哥，与振宁、振平团聚。三人同租了一间房子，一起游玩、散步、聊天，同温儿时的情景，探讨学术上的问题。这是他们在美国时间最久、玩得最尽兴的一次聚会。在振宁和稼先的家里，至今仍保存着当时二人互相拍摄的照片。

振宁已经取得博士学位，不久应聘去普林斯顿研究所工作。后来，他与在美国留学的杜聿明先生的女儿杜致礼结为伉俪，并在美国定居，从事理论物理的科学研究。

稼先此时正在撰写博士论文。早在西南联大读书期间，稼先就接受了中国共产党的影响。他有几个要好的同学，都是地下党员。

新中国诞生的消息传到大洋彼岸后，邓稼先的心情再也无法平静。1950年8月20日，邓稼先完成学业并取得博士学位，他冲破重重阻挠，登上威尔逊总统号轮船，于8月29日就踏上了归国的路程。

在美国学习期间，振宁和稼先都是用两年时间攻下了博士学位，他们都掌握了当时处于世界最前沿的理论核物理科学，为他们将来的卓越成就奠定了坚实的基础。

四

回到祖国后，邓稼先参与了正在进行的创建中国近代物理所的工作。他在祖国的怀抱里迅速成长，被评为年轻的副研究员，并在1956年光荣加入了中国共产党。

1958年春天，一副历史的重担压在邓稼先还显得稚嫩的肩膀上，他被选为研究中国第一枚原子弹的主攻手。点燃圣火的任务非常光荣也无比艰巨，为了国家和民族的前途，邓稼先以他固有的忠诚和坚毅，默默地承担下来。

此后，邓稼先的名字从公开出版物上消失了，群众性场合再也看不见他的身影，许多亲朋好友都无从寻觅他的踪迹，连他的妻子许鹿希也不清楚稼先的具体去向，只知他在执行着一项异常重要的任务。

许鹿希是许德珩先生的女儿，比稼先小 4 岁。人们说，在成功的男人背后，往往站立一位伟大的女性。在 20 多年的漫长岁月里，许鹿希承担了大部分家务，支撑着家庭，使邓稼先得以把全部身心投入到事业中去。

1964 年 10 月，神州升起第一朵蘑菇云，全国为之欢呼雀跃。但由于稼先所处的特殊地位，他巨大的功绩连最亲近的家人也无从知晓。当许德珩老人听到原子弹爆炸成功的喜讯后，曾兴奋地向严济慈先生说：

"咱们中国能自己造出原子弹来，不知道谁有这么大的本事？"

知道内情的严济慈哈哈大笑，回答说：

"去问你的女婿吧！"

五

杨振宁留在美国继续从事理论物理学研究，先后任普林斯顿高级研究院研究员、教授，纽约州立大学教授和该校物理研究所所长等。他科研成果累累，尤其是获得 1957 年诺贝尔物理奖后，在学术界地位举足轻重，成为美国国家科学院院士。

听到中国核试验成功的消息后，杨振宁激动不已，早想回来看看。由于政治形势的影响，直到 1971 年才实现宿愿，成为来华探亲的第一位美籍华人。

在首都机场，稼先迎接了阔别 20 多年的老朋友，两人都非常激动，却又无法推心置腹地深谈。聪明的振宁已意识到稼先的难言之隐，于是在以后的谈话中，小心翼翼地避而不问稼先的工作情况，但是心中的疑云又久久不能散去。振宁离京前，稼先去机场送他。在飞机舷梯边，振宁终于忍耐不住，绕着弯子问稼先："我听说中国试验原子弹，有一个美国人在帮助搞，这消息是否属实？"这个问题使稼先很为难。如果回答没有，则等于承认自己参与了原子弹制造。如果回答说不知道，又是在欺骗老朋友。稼先稍一思索，便说："你先上飞机吧，我以后告诉你。"

送走杨振宁后，稼先立即将此问题向上级汇报，逐级请示到周总理。总理说："要让邓稼先如实告诉杨振宁，中国试验原子弹，没有一个外国人参加。"稼先按照总理的指示，连夜给振宁写信，并交给专人立即送往上海。在上海市革委会给杨振宁饯行的宴会上，振宁接过信使送来的信，当场拆开阅读。当他确知是中国人自力更生制造成功核武器时，再也控制不住汹涌的激情，热泪滚滚而下。

六

近年来，杨振宁更加关心中国的科学事业，多次到中国讲学和访问。每次来华，只要条件允许，他就要会见稼先，畅叙友情。振宁逐渐了解到稼先的历史功绩，对他更加敬重和爱护，用各种方式聊表寸心。细心的振宁还记得稼先的爱好，知道他性格恬淡，喜欢京剧和交响乐，便特意从美国带来一张贝多芬第六交响曲的密纹唱片，送给稼先。在稼先即将 60 岁的时候，振宁又从美国买了一副设有电脑程序的国际象棋，要稼先注意休息和娱乐，闲暇时可以独自与电脑对阵。稼先感激老友的情意，收下了礼物。可是他实在没有空闲，这副国际象棋，如今还静静地躺在稼先家的柜子里。

到了 80 年代，两位科学家已是年届花甲的老人。可他们在一起的时候，却仿佛又回到愉快的少年时期，充满了童稚纯真的情趣。1983 年振宁来北京时，有一次在电话中与稼先闲谈，说话间振宁忽发奇想，要向稼先借辆自行车，二人一起骑车去逛颐和园。稼先说："自行车我家倒有几辆，可是……"试想，一位是国家待若上宾的贵客，一位是国家视若瑰宝的巨子，人们怎么会让他们两位老人去冒这种风险呢？振宁冷静下来，也只好遗憾地作罢。

极度的紧张和劳累，过早地损蚀了稼先的健康。1985 年，他被确诊为癌症，并住院治疗。在他住院的一年间，杨振宁曾两次前往探视。第一次探望时，稼先精神尚好，还可以站起来迎接振宁。两人谈兴很浓，他们一起回忆往事，互相询问熟识朋友的近况，振宁还兴致勃勃地介绍当时国际学术界的研究状况，随手写出一些公式和示意图。分别前，两人在病房里合影留念，稼先执意送至病房门口，并要鹿希代他送振宁下楼。在振宁上车前，鹿希告诉他说，稼先病情已非常危险，几乎无治愈希望了。这消息给振宁很大打击。他为老朋友的病情焦虑不安。在美国找寻治癌新药，请韩叙大使通过信使迅速送往北京。可惜药送到后已为时过晚。

1986 年 6 月 13 日，振宁回美国前又来看望稼先。此时稼先开始大出血，医生已无法控制病情的恶化。振宁站在病床前，深情地望着卧床不起的稼先，气氛惨然。振宁送上束极大的鲜花，他知道，这次可能是与老友的诀别了。稼先的神智还很清醒，振宁走后，他对鹿希说："振宁知道我不行了，所以送来特大的一束鲜花……"

一个多月后，1986 年 7 月 29 日，一颗科学巨星陨落了。此时振宁正在国外，他给鹿希发来唁电："……稼先为人忠诚纯正，是我最敬爱的挚友。他的无私的精神与巨大的贡献是你的也是我的永恒的骄傲……"

七

1987 年 10 月，杨振宁又来中国。一个秋风飒飒的日子，在稼先的大姐邓仲先和夫人许鹿希陪同下，振宁前往八宝山革命公墓祭奠稼先。他徐徐步到墓地，洒泪痛悼故友，悲不自胜。

振宁听人说，稼先 1958 年被委以重任时就说过："为了完成这项任务，死了也值得。"在去世前几天，稼先又说："我死也瞑目了！"稼先，你功垂千古，你可以无愧地长眠了！

站在墓前的许鹿希也思绪联翩。她想起稼先逝世后振宁写来的亲笔信，信中说："稼先去世的消息使我想起了他和我半个世纪的友情。我知道我将永远珍惜这些记忆……希望你在此沉痛的日子里，多从长远的历史角度去看稼先和你的一生。只有真正永恒的才是有价值的。"

(摘自 《读者》 1991 年第 9 期)

1987：去台老兵归来

毛剑杰

1987 年 11 月 2 日，是去台老兵们盼望了近 40 年的大日子。

从这天起，中国台湾红十字会开始受理大陆探亲登记和信函转投。预定当天上午 9 时开始登记，老兵们在凌晨就已经从四面八方拥来，"门口挤不进去，楼梯挤不上去"，当天就有 1300 多人办妥了手续。

一个月后，第一批老兵终于踏上返乡路。1949 年前后，他们无奈地告别大陆的故土、亲人，随国民党到台湾，从少年到白发，从风华到迟暮，如今，他们终于可以回家了。

这一天的到来，原本或许还要晚上许多时候。是一群老兵用歌声、用标语、用故事、用亲情令整个台湾岛动容，连主政的蒋经国也被打动。

多年后，"老兵返乡运动"的主要操盘者姜思章说，老兵回家虽是历史潮流所趋、人心所向，但他们已经无法再等。因为，老兵已老，在漫长的等待中，他们或者客死台湾，或者即便回了家，也无法再见到更为老迈的父母亲人……

军营里泛滥的思念

姜思章自己是被"抓丁"到台湾岛的。

1950年5月15日，浙江岱山县13岁的初一学生姜思章，在回家路上被一群国民党兵拦下，强行押上了船。

与姜思章一道被带到台湾岛的，有13000名年龄从13岁到50岁不等的"壮丁"。

船起航前，不堪忍受离别的壮丁们，带着绑绳就纷纷往海里跳。军人们则往海里开枪，步枪、冲锋枪甚至连机枪也用上了。

枪声停止后，无数尸体浮上水面，像死狗死猫一样在海浪里上下起伏，尸体旁则是一片片逐渐扩散开来的血水。

然后，超载的轮船缓缓起航，码头解除封锁，大批前来寻找父兄、丈夫、儿子的妇女瞬间拥来，她们有的秉香祈祷，有的在海滩上跪拜，哭喊、哀求、诅咒，声声可闻。

多年以后，姜思章才知道，人群中也有他当时怀有身孕的母亲。

这只是1949—1950年间，200万人去台大迁徙中的一幕。有人被抓丁，有人被迫逃亡，也有自愿去台的，缘由不尽相同，但都经历了与故土、亲人生生分离、天各一方的人生至痛。

此后，在台湾岛的军营里，姜思章白天满满当当地出操、上课、训练，没有时间想家；但一到傍晚，就无法抑制乡愁的涌动，和几个伙伴一起跑到操场的角落，互相抱头痛哭，然后继续在"一年准备，两年反攻，三年扫荡，五年成功"的口号声中，朝思暮盼着回家的那一天。

实际上，当台湾岛以"复兴基地"的名义汇聚起越来越多的人时，这个名义本身却越来越像一个苦涩的笑话：反攻大陆"五年成功"的承诺，从一开始就是无法兑现的空头政治支票。

此后是长达 30 多年的戒严，国共双方长期隔台湾海峡对峙，这对数百万从大陆来台湾岛的"外省人"来说，意味着回家的大门彻底被关闭，甚至通信都绝无可能。

而思念却已开始越过海峡，没有止境地泛滥开来。

一个人的抗争

姜思章无时无刻不想回家。因为"和大陆那头通信"、被同事告发"散布被抓经历"、拒绝在"以军作家"运动中签名等所谓的"劣行"，他成了军队里的"不稳分子"，被长期监视，通信也因此中断。不久，姜思章又因不甘忍受军营折磨而开小差，被军法处置，判处 3 年有期徒刑。姜思章的抗争，在众多思乡的去台老兵中并不算激烈。

在监狱中，他与同室一位任姓广东籍飞行员成为好友，此人因企图偷开飞机返回大陆败露，被判处死刑，等待着随时来临的人生终点。这位飞行员反复告诫他："不要白白牺牲，跟国民党斗先要充实自己。"

某天早晨，铁门拉开，任姓飞行员被一堆宪兵架了出去。临走时跟他摆摆手说："记住我的话，再见！"

这或许是姜思章后来极力推动成立组织以帮助老兵返乡的思想根源之一：在强大的军政机器面前，每个个体的抗争都是如此弱小、不堪一击。

姜思章还听山东菏泽籍老兵高秉涵亲口讲了一件事：一位 20 岁的厦门籍士兵决心横渡台湾海峡游回对岸，不幸被潮汐推回了金门。负责审判他的法官正是高秉涵。按照军法，他不得不判这个士兵死刑。

临刑前，高秉涵说："小弟，喝点酒。"士兵却拒绝了："我要清清楚楚地回家，我怕我喝了酒，灵魂不认得回家的路！"

高秉涵自己又何尝不想家？在判处小兵死刑的同时，高秉涵心想，若是我，哪能等 6 个月，3 个月我就游回去！

1981 年，高秉涵的一位学姐在移民阿根廷后回祖国探亲，返台后召集菏泽旅台乡亲 100 多人聚到一起，分发珍贵的礼物：一家一个烧饼，3 个耿饼，山楂和红枣各 5 粒，一调羹故乡的泥土。

"泥土何其多，唯独故乡贵。"高秉涵把一半土珍藏在了自己在银行的保险箱里，另一半则分多次掺在茶水中喝了，"那是家乡的味道，甜的。可还是舍不得咽下去，慢慢地像品茶一样，叫它多待在嘴里一段时间……"而耿饼和烧饼，直到放得发霉了他也没舍得吃。

（摘自《看历史》2011 年第 12 期）

永远的邓丽君

王开岭

人是奇怪的。有些对别人很无所谓的事物，于己却显得珍贵且美好得不可思议。大概这和一个人的特殊心路有关，与其天生的敏感体质、生命类型、某个岁季的精神气候有关。

邓丽君。

一个我深深喜爱的名字。我在任何时候都愿意充当她的报幕人：《小村之恋》《在水一方》《山茶花》《独上西楼》《再见，我的爱人》《你在我梦里》……丝毫不会为公然赞美她而羞愧，更不惮被那些"阳春白雪"的音乐士大夫所嘲笑。

为爱而生，为爱而死。她的使命是在一个普遍淡漠爱的年代里表达爱情。她的事业是让一抹黑衣女子的背影走过男人的窗外……

在单身的夜晚，在寂寞雨天，在合书小憩的午后，她的歌声从遥远的海岛踏雾而来，像颤动的丝绸，像袅袅皎月，像荷叶露珠，像飘逝的一叶扁舟……

不错，太甜了。但并非所有的甜都堪称"甘美"，并非任一种姿色都闪耀着泪光，含着颤抖的蕊。她是甘草和秋露的甜，苦难之夜的甜，不加糖的甜，荡气回肠的甜。不错，她太烂漫，甚至称得上轻婉与摇曳，但在一个绝少烂漫的灰色年代，一个黯淡而不见生动的枯槁岁月，这摇曳曾给人带来多么大的惊喜和闪光……

其实，任何一个懂她的人，都会从甜中品出那份深藏的苦艾，从清冷和幽怨里读出那份善良与洁白，这正是最感动我的东西。一个妩媚的女人，一个易受伤的女人，一个欢颜示人的女人……却纤尘不染，一点不浑浊、不憔悴、不萎靡——多么珍贵！

她适于离情伤逝怀旧，适于游子的望穿，适于无眠灯下的昏黄，适于雨滴石阶、人在窗前的孤独……她是疾病时代的健康。霉晦岁月里的灿烂。女人中的女人。恋爱里的恋爱。你我中的你我。

"邓丽君"，她使自己的名字听起来仿佛一曲词牌。凭歌声，凭那如诉如泣的颤音，那深涧流瀑的心律，我断定她星光般的美丽。

她纯洁得永远像春天，像蝴蝶。躲进她的歌，就像躲进姐妹的长发，躲进母亲的旗袍里。不必羞愧。不必。

有那么几年，每临深夜，我的功课即戴着耳塞，躲在被窝里听收音机。一个频率，或许是台湾吧，每逢虞夜的某个时分，总会播放她的歌，片头片尾都是。很多时候，她是用粤语唱的，虽不甚懂，但对我来说，她已成了一道和月光、大海、思念……有关的女性背景。

我想，或许有一天，她会到海的这边来，带着她的长发和旗袍。

可，就在那一个深夜，1995 年 5 月 9 日，大约凌晨 1 点钟，一个滚雷突然炸响：一代歌后邓丽君猝然辞世，泰国清迈……当晚的那档节目，全被一种黑天鹅绒的气息覆盖住了。她的歌，她的笑，她的柔软，她的耳语，她独特的颤声……

邓丽君邓丽君……

一部嵌进我身体里的柔软。一个我听了多年的女人。

她被上帝接走了。永远的"在水一方"。永远停在了海的那边。

如今，我怀念她，就像怀念逝去的青春和发黄的日记。就像怀念前世生生死死的爱人。

不羞愧。一点不。

我在无数场合听过有人唱邓丽君的歌，那些我黑夜中再熟悉不过的词牌。亦无数次听见身边有个声音："庸俗！"不错，是庸俗。很奇怪，为什么同样的调子，换了张嘴就成了庸俗？就像不是从生命而是从肚子里发出来的？但我想，若这指责是冲着邓丽君，我一定会愤怒，会给他一拳。或者，那时我会把庸俗理解成一个很高贵很美好的词……

有年冬天，在北京，一间酒吧里，朋友在向我淡淡地介绍一对朋友，他指着女子说："就是她，大陆唱邓丽君最好的，曾有人拿她的歌做盗版……"我一惊，很用心地凝视那女子。的确，她很像我记忆中的邓丽君的模样——精神模样。自始至终，她几乎不开口，只有气息，很安静很清淡，黑夜中薄荷的气息……后来，那女子应邀唱了一首，我深深震颤了，这是我第一次听到邓丽君的歌声由一个大陆女子的身上飘出来。不，不是模仿。不是死去的声音，不是磁带的声音。她源自一具鲜活的青春的躯体，自然地，就像月光从海面上升起那样。

那个阳光还算灿烂的下午，我的确感受到了一股来自当年黑夜的潮涌，一股角落里的苦艾的沁凉。感谢她。我相信朋友的话，邓丽君是一个密码，而她天生就理解这个密码，所以很本色就唱出了她。其实，她只需唱出自己就够了。

她们是生命的同类，精神的姐妹。

走出酒吧的那一刹那，我被遽然刺来的阳光吓了一跳。闭上眼，我想起了我的收音机。它已很旧很老，退役多年了。

（摘自《读者》2003 年第 21 期）

琼瑶言情剧走红

李桂杰

据说，曾经有女影星在拍摄琼瑶电视剧的时候管琼瑶叫"额娘"，感恩之情溢于言表。而对于大多数迷恋琼瑶电视剧的女性来说，琼瑶已经成为"爱情教母"。回望过去 30 年，琼瑶算是一个嵌入我们集体记忆中的文化符号。从 20 世纪 80 年代至今，琼瑶已经相当成功地在大陆红了好几趟。2008年，琼瑶又来了，带着新剧《又见一帘幽梦》和观众见面，这部电视剧依然创造了收视奇迹。

琼瑶的小说最早现身大陆据说是 1982 年，《海峡》杂志刊出了她的小说《我是一片云》。仅 1986 年，就有超过 20 家以上出版社同时出版了琼瑶言情小说。当时的很多女生可谓是不吃不睡看琼瑶写的小说。在今年 32 岁的李女士印象中，1987 年，她正在上初中，当时班上的男生女生看琼瑶的书成风，很多同学在上课的时候都偷偷摸摸地看琼瑶写的书，还把她小说中的诗歌以及精美的语句抄在本子上，"是琼瑶启蒙了我们的爱情"。

据 1986 年 11 月 13 日《文学报》的相关报道，广州地区 70%的学生读过琼瑶写的小说。1989 年，琼瑶先后授权作家出版社和花城出版社，她的书在中国内地的出版逐渐规范化，当然还包括不计其数的盗版。直到 2004 年，长江文艺出版社还有信心出版《琼瑶全集》。

王女士是 1980 届的大学生，"我们这一批在'文化大革命'中成长起来的学生，那段时间能看的书就是那几本，更没有什么爱情启蒙"。李女士 28 岁看到第一本琼瑶的小说《窗外》，她那时一看就着了迷，"有一段时间，我就一直看，把她的书全看完了，有时不吃饭，有时醒过来发现手里还捧着琼瑶的小说"。

有人说琼瑶是廉价的言情批发商，然而，你却不能不承认她的成功。就像有饮水处便有柳永词一样，琼瑶基本上也做到了，有华人的地方就有琼瑶的小说。伴随琼瑶的小说同时在大陆走红并流行的还有琼瑶的小说改编的电视剧，大陆播放的第一部琼瑶的小说改编的电视剧是《月朦胧，鸟朦胧》。

在琼瑶的小说改编的电视剧占据银屏之前，大陆的电视台中的"言情电视剧"还是个稀有品种。在"文化大革命"时期，电视剧的生产彻底陷入停滞。整整十年间，北京电视台只播出了一部电视剧《考场上的反修斗争》。20 世纪 70 年代中期，彩色电视机在中国出现，上海电视台播出了两部反映知识青年上山下乡题材的电视剧《公社党委书记的女儿》《神圣的职责》。到了 20 世纪 80 年代，改革开放为文学艺术的发展提供了前所未有的巨大空间，电视机进入了千千万万个普通家庭，中国电影集团公司停止向电视台供应新故事，也使得电视剧的发展面临巨大的挑战和机遇。

20 世纪 80 年代初期，电视剧基本采用上下两集的单本形式。直到 1981 年，《敌营十八年》在中央电视台播出，中国的电视屏幕上才开始有连续剧这种形式。这一时期的电视剧主要围绕两个题材展开：一个是"文化大革命"给人们的生活带来精神创伤的知青题材，如《蹉跎岁月》《今夜有暴风雪》还有一类是表现当代生活变化的改革题材，最典型的如《乔厂长上任记》。20世纪80年代中期，一批优秀的国产电视剧诞生，其中有《四世同堂》《寻找回来的世界》。不久之后，中国电视剧制作中心酝酿多年拍摄的《红楼梦》和《西游记》也相继问世。电视剧影响了人们的生活，每一部片子的播出都会带来巨大的社会影响力，但是，在电视剧里面只说爱情的却没有。

一位当年看过琼瑶的小说改编的电视剧的观众谈及当时的阅读感受时说："电视上终于有了爱情。"导演史蜀君是在1986年年初接触到琼瑶小说的。奇怪的是，那时候琼瑶小说应该已经在国内开始走俏，但是史蜀君却是经过一番辗转才读到：台湾朋友将一本《月朦胧，鸟朦胧》带到美国，从美国寄到上海，最后终于借到史蜀君手中。她说她看了之后，"感觉非常新鲜，把政治背景、社会矛盾都滤掉了，纯粹就是爱情"。

史蜀君决定把《月朦胧，鸟朦胧》拍成电视连续剧。这部电视剧由闽西电视剧制作中心在1986年摄制完成，经中央电视台播出，受到许多观众的喜爱，有些地方电视台反复重播。

"当时这样的电视剧太少了"，史蜀君的解释和大家想象的一样。"那时在播的是《乌龙山剿匪记》之类的。长期以来，爱情被推到一个非常次要的位置。男女之间就是同志般的情感，奋斗奋斗再奋斗。"

从那时候起，琼瑶的小说改编的电视剧开始成为催泪弹，那个年代，谁不看琼瑶的小说改编的电视剧谁就与时代脱了钩，"琼瑶"两个字也成为言情剧的代言。20世纪八九十年代，曾经有大群人围着一台电视机不换台，听着琼瑶电视剧中男女主角念着一大段文绉绉的诗意对白，然后抹鼻涕掉眼泪……《几度夕阳红》《庭院深深》《三朵花》《雪珂》《婉君》《青青河边草》《梅花烙》等耳熟能详的名字，赚取了亿万观众的眼泪，给许多纯真少女一个幻想的模本，琼瑶用她诗一般的语言和生动细腻的笔触刻画了一个又一个至纯至美的人物，让春心萌动的少年沉迷在浪漫的青春梦境中，让许多年轻人坚定了爱的信念。

不但如此，琼瑶的言情剧还捧红不少明星，从林青霞、刘雪华、秦汉、俞小凡、马景涛、林瑞阳、陈德蓉，再到后来的赵薇、林心如、范冰冰……一个个昔日平凡的人，经过琼瑶电视剧的加工后，成为万人追捧的明星，其成名的速度不亚于如今的选秀节目。

观众麦琪回忆说，有一年夏天我看了大约十几部琼瑶电视剧，有《聚散两依依》《一帘幽梦》《梦的衣裳》《燃烧吧！火鸟》《我是一片云》《雁儿在林梢》等，让我感兴趣的是几位女主角。她们的目光是独特的，是后来的女星们绝对没有的，那里没有锋芒，没有骄横，在倔强、柔弱后面是一种少见的温情。她们在以后的许多年里左右了我对女人的审美。

观众西西说，《庭院深深》是一部充满悬念的电视剧，其"鬼气森森"实在是吊足了人的胃口。我从《庭院深深》开始爱上琼瑶阿姨的电视连续剧，柏霈文一声声的"含烟，你回来"直逼人心底深处，震动心房。

1997年，一部名叫《还珠格格》的电视剧在北京开拍，看惯琼瑶电视剧的观众或许在想，这又会是一场场撕心裂肺的哭戏。然而《还珠格格》播出之后观众才发现在这部戏中，琼瑶以往的风格被改变，大胆尝试了轻松活泼的喜剧风格。1998年小燕子飞上艳阳天，《还珠格格》成为荧屏最火爆的电视剧。播出此剧的北京电视台收视率达到44%，而上海地区的收视率纪录最高达到55%，这个收视奇迹据说至今仍没有被打破。

琼瑶的电视剧《还珠格格》在连续火了两年后，女主角小燕子的扮演者赵薇一跃成为中国内地最热门的偶像明星，小燕子的反叛、搞笑、天真成为很多人模仿的性格，甚至引发社会上"小燕子热"的大辩论——因为其拥趸都是少年儿童。

而且，当年《还珠格格》的火爆，还带动了相关产品的开发，《还珠格格》电视剧VCD走俏，《还珠格格》小说抢手，《还珠格格》电视剧插曲歌碟流行，挂历、明信片甚至牙刷、书包、饮料等产品都冠以"还珠"之名，在一些城市，"格格"餐厅、"格格"美发厅生意兴隆。在 20 世纪 90 年代末，穿着印有《还珠格格》T 恤衫招摇过街的小青年成为那个时代街头亮丽的风景。

（摘自湖南科学技术出版社《不会尘封的记忆：百姓生活 30 年》一书）

骑自行车的中国人

林　希

　　她是我们中间的一个，一个骑自行车的中国人。

　　我从来没有看见过她的面容，是清秀、是俊美，或者是妩媚生动；她总是从我的背后缓缓地跟上来，漫过我的肩侧，又从容地蹬车而去。我因看到坐在她自行车后架上不足三四岁的女儿，断定她多不过 30 岁的年纪。她身材消瘦，高高的个子，本来似曾有过一身使不完的劲，但终究劳累了，她的背影显出疲惫。

　　清晨，从来是沉浸着紧迫的气氛，整个城市的每一条街道都似一根根绷紧的琴弦，车辆、行人如音符般跳跃而过，生活的节奏似欢快、热烈的快板。她骑着车子，沿着每天上班下班必经的熟悉道路奔驰而去。鼓鼓滚圆的书包挎在车把上，一个尼龙网兜里装着大小两个饭盒，这大概和我们每一个人一样，大饭盒里是米饭，小饭盒里是素菜。

　　她蹬着车子，目光凝视着远方，头昂着，上身向前倾斜。有一次我看见她一面蹬车一面吃早点，今早该是太匆忙了，她还想着身后的女儿，不时地从衣兜里掏出饼干回手向背后送去。她还轻声地吟着儿歌，那是托儿所阿姨教孩子们唱的儿歌，女儿听着儿歌自然乖多了，向妈妈保证今天不淘气。

我目送她向前驶去，我知道还有一天的劳累等着她：她是一个女工，她要去开动机器；她是一位会计，还要和枯燥的数字共度过八小时的时光；也许她是位炊事员，要去为千百人烧饭；或是位护士，要为病人减轻痛苦。但此刻她是一个骑自行车的中国人，时间追赶着她，她的家庭，大半就在这辆自行车上，缓慢地，沉重地，疲惫地行进着。可惜她行进的里程只能在同一的距离内无数次重复，否则记录世界之最的书籍会发现她是世界上背负着一个家庭行路最长的女人，她将成为一位明星。

她自然没有思索过那么许多，她做的是她能够做的一切，是她应该做的一切，尽管未必是她愿意做的一切。一天，一个同龄男子和她并肩骑车走着，我听见一路上她不停地抱怨，从家务劳动，丈夫的懒惰，婆婆的刁钻，到工作单位的是非纠纷，领导的不公，最后自然是菜贵了肉贵了蛋贵了，其中有许多甚不文雅的用语。男子默默地听着，他们还是缓缓地向前奔去，丝毫也没有因满腹牢骚放慢脚步。我料定到了工作单位她会立时忘掉一路上的怨气，投入工作，又是一个充实的劳动日。

平静的岁月也难免有几天骚扰的日子，突然间掀起一股抢购风。我知道她没有多少积蓄，她自然也不愿为多添置一条备用的毛毯而去挤商场围柜台。她还是在同样的时间，以同样的节奏，骑着自行车漫过我的身边，消失在人的洪流里，人的洪流正披着朝霞涌动。

远远地望着她在人流中时隐时现的背影，使我这个对于个人生命价值有清醒认识的人感到羞惭，尽管我自知无论我如何奋斗都不可能使她在未来的后半生中不再骑自行车，而拥有一辆私人小汽车，但她如此不轻松地骑自行车追赶生活，总是有我们对她没有尽到责任的地方。我怕十年、二十年过去，直到成为一个老太婆还是抱怨着、骑着笨重的自行车，追赶着总也追不上的希望和憧憬。

外国人说中国是自行车的王国，但他们无法理解骑自行车的中国人在创建着怎样的生活。我们辛劳，有时几乎是疲于奔命，生活有些艰难，大家又苦于总也没有想出更好的办法。但骑自行车的中国人依然在前进，而且在相互提示不要忘记自己肩负的社会责任。如果说中国文化曾在"净"与"静"的境界中探索人性，那么中国人创建的自行车文化却是在前进与辛劳中拥抱世界与未来。

她是我们中间的一个，一个骑自行车的中国人。

（摘自《人民日报》1988 年 11 月 23 日）

要事业，也要生活

张　红　粟宏刚

　　生活的动力是什么？是矛盾。今天我所讲的就涉及这样一个矛盾：工科女大学生应该选择事业，还是生活？

　　有人说，在工科大学里，一切都按照男性的逻辑高速运转（笑）（当然，这有些夸张）。但确实我们要和男同学一起，去征服每一条定理、每一道习题，去学会规定掌握的每一种技巧，付出和男同学一样甚至更多的体力和精力。高频率的生活节奏像汽锤锻打毛坯似的冲击着我们女性精细的内心世界，事业强烈的排列性像离心力一样，分离着我们生活的色彩。（议论）有位女同学的诗里这样写着："书/士兵一样排列/永恒地占领我的清早、黄昏/主宰我的日月星辰……"我们每天一般要学习十个小时，考试期间就更多了。有时累极了，真想闭上眼睛，什么都不想，什么都不干。可是难啊，真叫你一天不摸书，反倒像犯了罪一样，心里特别难受。还是那位同学的诗里说得好："我不想埋怨/书包在我肩上很沉很沉/因为我知道/只有沉重的跋涉/才能带来收获的沉重。"的确，我们耕耘的是一片沉重的土地，但收获的却是一串金色的果实。从学习中，从事业里，我们感受到一种奇特的快乐，它像青橄榄一样——先苦而后甜。我们清华有这样一首歌（唱）："我们大学生活，充满智慧的歌，那是紧张的歌，也是轻快的歌，紧张轻快一样火热……"

你们喜欢这首歌吗？（掌声）可以看出，我们的生活是非常紧张忙碌的。这样的生活，使我们女生很少有时间和精力过多地顾及那些女孩子特有的乐趣。有这样一件事给我印象很深：我们宿舍同学的表姐来北京看望她，尽管她们从来没有见过面，但表姐从车站熙熙攘攘的人群里一下就认出了她，后来我随口问了句："你们是怎么认识的？"表姐说："那还不容易，你看街上女孩哪个像你们这样打扮？你们呀也真是……（笑）"我听完先是笑了，而后想了很久，想了很多。

表姐和社会上许多人一样并不了解、更不理解我们。我们热爱事业，又热爱生活，这就使我们很矛盾。当事业和生活发生激烈冲突时，生活就被卷入了痛苦的旋涡。早几天，我接到了一位女友的来信，念一段给大家听："我真不知如何是好了，如果说父母反对我考研究生是意料之中的事儿，那小华（她的男朋友，也是大学生）的意见则使我震惊。他来信时说，他不愿做第二个傅家杰，更不愿意在不均衡的家庭里生活。在我最需要支持的时候，他却退却了。考与不考不是一种简单的选择，它将决定我的生活道路。你看，我该怎么办？"

我女友的经历是很有代表性的。这是一个现实，是几千年根深蒂固的旧时代留下的阴影！在人们眼里，好像女性成功的路就必须是一条过激的路，也就是说，必定要失去常人生活的宁静和乐趣，注定得不到众人的理解。一种无形的力量把我们推到了人生的十字路口，我们不得不选择。

如果我们放弃事业，在安乐窝里消磨人生，我们就有愧于贫穷的祖国，有愧于人民的培养，我们的良心就要忍受羞愧的折磨。正是事业，升华了我们的生活，铸造了我们的信念，萃取了人生的真谛。事业的追求和奋斗，使我们失去了一些个人生活的幸福，也正是从事业中我们找到了更高层次的幸福的源泉。

自古巾帼多英雄。在人类文明史上，无数杰出的妇女为了改变自己低下的地位，进行了不屈的抗争，付出了巨大的代价。有多少妇女，为了事业的成功不得不牺牲自己生活的幸福。这样的例子还少吗？这是她们时代的社会制度和文明程度的残酷的裁决！今天，我们能够同男子一道分担社会的责任是来之不易的。面对历史和未来，我们丝毫不能退却，我们必须选择和献身于事业。我们生活在这样一个时代，这样一个社会里，这就使我们的事业同千百万人的幸福联系在一起。事业，不再是个人奋斗的题目了。女性在事业上作无谓牺牲的时代正在结束！我们要在事业和生活之间构筑坚固的桥梁，我们这一代人的事业就是通向一个崭新时代的曲折的路。沿着我们的足迹，人们找到的不是一个事业的畸形儿，而是一个创造生活的强者，一个开拓事业的富翁。（掌声）

我是含着热泪观看电影《人到中年》的，它带给我的，不只是短暂的感情激动，而且是长久的思想共鸣。我在想，昨天的陆文婷是否像今天的我们，明天的我们是否像今天的陆文婷。（议论）我们还很年轻，人生的路才刚刚起步，似乎没有资格来回答这个严峻的问题。我们面临的矛盾是几千年历史的结果，就连我们自己的思想也深深打上了这些旧观念的烙印。我们的对手，不只是根深蒂固的旧观念和习惯势力，我们还必须同自己的软弱和不觉悟进行长期艰苦的斗争。初具科学知识的人都懂得，女性在智力上与男性相差无几；前人的经验也告诉我们，女性同样可以在事业上获得辉煌的成绩。只不过作为女性，要多付出三分汗水、五分勇气、七分毅力、十二分的艰辛。（议论、笑、掌声）。我们既要事业又要生活，这就注定我们将终生忙碌。

我们认了！（长时间地热烈鼓掌）

　　这种忙碌的生活，使我们失去的是无知和怯懦，失去的是整个社会和历史对女性的不公正；我们失去的是威胁着我们女儿、孙女们的黑色阴影，我们得到的将是一种崭新的生活。

　　让怯懦的人接下去徘徊吧，让俗人们接下去议论和怜悯吧。同伴们，我们走着自己的路！弱者，你的名字不是女人。（掌声）

（摘自《读者》1983 年第 10 期）

洒向人间都是爱

佚 名

　　一个普通的灵魂消逝了，留下一份普通的履历表：

　　王桂荣，24 岁，北京市 103 路无轨电车售票员，曾待业一年，干临时工一年，做乘务员工作三年半，因患癌症逝世。她的遗嘱是：死后穿工作服和红裙子。

　　她属于 20 世纪 80 年代。

　　她认识所有的人……人潮似海。日流量十万人次的北京站。男人，女人，孩子，老人，强壮的人，残疾的人，你不认识我，我也不认识你。走吧，到王府井去，到北海去，到动物园去，乘 103 路去，到那 30 平方米的车厢去，记住，是 2026 号车，进门你会看到"乘客之家"四个字，墨迹依托着淡绿的颜色。去吧，我不认识你，那儿的主人会认识你，她认识所有的人。

　　一位颤巍巍的老大爷硬撑着进了车厢。他寻找着，寻找着。

　　"同志"，他问乘务员，"那位扎短辫的姑娘老没见啦？"

"她死啦。"

"怎么？她故去啦！她竟故去了么？"

"大爷？没办法。得了要命的病，谁也拦不住呀。"

老人老泪纵横："多好的姑娘！我上车，她总是扶我一把，扶我……不管走到哪，我总是等她的车来，花些功夫也等她，她扶我……"

车至沙滩站。景山学校的小学生程城不言不语挤上车。他知道王阿姨已经死了，他再也见不到王阿姨向他打招呼啦——"小程城，别跑，慢点，阿姨等着你。""来，程城，把书包从窗户递给阿姨。""来，站到阿姨的椅子后面，别挤着。"

繁华的王府井大街。盛锡福帽店售货员李艳梅在等桂荣的车。桂荣见她准是一笑："大姐请上车。""就这样，我们头回相遇，就一见如故啦。"她只乘两站地。可这一会儿工夫真让人舒服。"我全今不明白，我们怎么一下子就觉得这么亲？"她曾问桂荣："你是怎样向陌生人第一次讲亲切的话的？"桂荣只是笑："上下嘴唇一碰的事儿，启齿之劳，我怎么便不能呢？"

司机阎世荣哭了。她哭过好多回啦。司售之间是一对矛盾，一个要安全正点，一个要票款服务。"可只要桂荣在，我就不会误点，也不会出事儿，用不着悬着心。"汽车要拐弯了，桂荣的甜蜜的话语便流溢在车的四周："骑车的同志，请您靠边一点，谢谢！"冬天，寒气逼人，谁也不愿开窗。封闭车厢中人的哈气使前风挡玻璃模模糊糊，影响视线，影响安全。每当这时，桂荣身后的窗便打开了，让那严冬的寒气与她自身的热气交流……"哦，桂荣，我真想你，真想你！你生前，我多想问：你怎么这样理解我？怎么这样理解每一个人？"

一站，接着一站……

北京站，一位架着双拐的外地人举步维艰，朝车厢走来。他穿得又脏又破，气味难闻。

王桂荣立刻下车去搀扶他，一步步踱到车门前。她用尽力气扶他蹬车梯板，他仍然迈不上去。

"劳驾哪位帮个忙。"王桂荣朝车内的人们求援。

没人搭腔。坐在门口的两个青年装作没听见没看见，把头扭向车窗；其余的人有的皱眉，有的闭眼，有的怕蹭脏衣服，预先躲到了远处。

王桂荣只好请司机帮忙把残疾人架上车。她帮他找好座位，细询去处，讲清换车地点，并说："您放心，到站时，我再搀您下车。"

沙滩站到了。王桂荣刚要起身，那几位先前不愿帮忙的年轻人却抢前一步，搀起了残疾人。他们诚恳地对她说："大姐，你的服务太好了！相比之下，我们……真惭愧。"

动物园站，几位年轻人上了车。查票时，桂荣发现有两人互相传递一张月票。对此，桂荣深恶痛绝。她曾说："乘客没钱买票时，我可以代付。但我最恨骗人！人要讲人格！"她开导那两个青年。谁知，两人竟口出不逊，态度蛮横。她决定带其中一人到终点站，严肃票务制度。

行车期间，桂荣十分生气。但她仍像往常一样热诚服务，脸上始终挂着微笑。

那青年满不在乎，大有"刀山火海也不怕"之势，百无聊赖，随手翻开意见簿。看着看着，不禁若有所思；又仔细观察王桂荣的服务，渐渐坐立不安起来。

车至终点，那青年竟主动掏出十元零几毛钱，送到王桂荣跟前："师傅，我错了。看您一路的服务和意见本上的留言，我敬佩您，我……惭愧。我们七个都是美术学院的学生……不舍得买票，想蹭车。现在，我认罚。老实说，我们七人中还有一个也没买票，我都认罚了。请您相信，今后，我们不会再做这种事了。"

……车欲行，远处跑着一位妇女，一手抱着孩子，一手提个大提包，喊着："等一等，等一等！"此时，车门已关，有乘客说："别理她，开车吧。"桂荣却打开车门，跑下车，迎上前，接过提包："别急，当心摔倒，我们等着您呢。"

上车时，桂荣见满车乘客因误时多有不悦之色，但在桂荣的巧妙动员下，仍有一年轻人让了座。但那妇女喘着粗气竟未致谢，年轻人非常不高兴。桂荣摸着妇女带着的孩子脸蛋说："多可爱的孩子，你知道是谁给你让的座吗?"那妇女猛然省悟，连忙起身，向年轻人连连道谢。年轻人笑了。

这时，那妇女又谢王桂荣："太谢谢了。要不，我赶不上火车啦。"

桂荣说："不谢。不是我等您，而是全车的人等您上车的。"

妇女连声道："谢谢大家，谢谢大家了。"

全车乘客的脸上全露出笑容。

一天，一位老人领着孩子刚上车，孩子就闹口渴，哭着要水喝。王桂荣立刻把自己的茶杯递到老人手中："这是刚从北京站那儿沏的茶水，快给孩子喝吧。"

桂荣的老乘客们全知道：她是文明用语讲得最多的乘务员，她最需要水，但却最少喝水，总是把她那杯水留给需要的有病的乘客或孩子。她的嗓子常常是沙哑的。

一位白发苍苍的老人走过来，轻轻对她说：姑娘，歇歇吧！我每天坐这辆车都听到你热心宣传，小心别把嗓子累坏了。

一位中年人送给她一盒喉片："这是新产品，试试看，或许能治好你的嗓子。"

一位女乘客从书包里取出一瓶软包装橘子汁，硬塞到桂荣手中。

两位小朋友也挤过来，每人手里举着一个又红又大的苹果，踮着脚尖放在售票台上："阿姨，这是我们幼儿园发的苹果，您嗓子疼，吃吧，吃啦，就好啦。"

桂荣呆呆地望着向她微笑的乘客，泪不住地从脸上淌下。

心灵的火花

王桂荣恋爱了。那是在 1984 年的春天。她把她的短辫烫起了卷卷，穿上了她最喜欢的银白色夹袄，白色中微露着一朵朵淡色的小花，仿佛少女的春心若隐若现。她欢快地去会男友孙毅。

孙毅慌了。头一次见面，不知说什么好。倒是桂荣首先打破了沉默："我是售票员，一年四季在马路上转，工作辛苦。这职业，一些人瞧不起，你怎么看？"

孙毅不知怎么回答才好，只说："不论干什么，只要人好就行。"他觉得说得太简单了，不足以表达自己的感情。

桂荣向前走着，孙毅偷偷观察她的神态，期待她的反应。

桂荣站住了，低声说："现在，像你这样的人不多。"两颗心灵的火花就这样交织在一起。

六个月后的一天，大雪纷飞。从口腔医院走出的桂荣静静地对孙毅说："咱俩到天坛公园走走吧。"

祈年殿前，雪落纷纷。孙毅轻轻拉着桂荣的手，为她掸掸身上的雪花。桂荣久久凝视着孙毅的脸，突然失声痛哭起来。

"小孙，我有幸认识你，但没福和你共同生活。从今天起，咱们就断绝恋爱关系，以兄妹相称吧！"

孙毅动情地扳着她的肩膀："桂荣，桂荣，你怎么啦？"

桂荣哭成了一个泪人，慢慢从口袋中掏出化验单，只见上面写着："口底粘膜癌。"

孙毅一下子惊呆了，眼泪止不住地流下来。

桂荣擦着泪说："小孙，我的病我知道。我不能耽误你呀！"

孙毅心中无限哀伤："别瞎想，我不离开你。"

桂荣使劲地握着孙毅的手，望着他，泪眼中充满了无限的爱恋。

11 月 18 日，桂荣住进医院进行手术治疗。手术前，医生告诉她将要毁容。孙毅毅然拉着桂荣到照相馆拍了结婚照片。

照片上，桂荣身披白色的结婚礼服，发鬓角边别着一朵红红的小花，身边一盆艳丽的一品红。她浅浅地笑着，幸福地依偎着身后站立的孙毅。

她是笑着去的

无情的病魔向她袭来，咽喉、舌部都肿痛起来，说话、吃饭已经非常困难了。但在病床上，她仍是常常看着手表，自言自语地说："现在是九点三十分，我们的车该到展览路了，那里还有乘客在等我们的车呢。"

手术之后，桂荣的病情一时有些好转，她出院疗养了。一天，孙毅陪着桂荣到医院复查，回家途中经过 103 路沙滩车站时，王桂荣停住了脚步。她抬头凝视着站牌上每一个熟悉的站名，北京站、崇文门、台基厂……轻声地念着。突然她对孙毅说："好几个月都没摸票夹子了，我真想卖几张票。"一辆 103 路车驶进站台，桂荣上车后便对车上的售票员说："师傅，您报站，让我来卖几张票吧。"然后拿起了票夹子。她熟练地一笔一笔地划着，一张一张地撕票，并用嘶哑的声音轻轻地说：给您票，请拿好……她用手松动着缠在脖子上的纱布，脸上带着微笑。

恶化的病情使她再次住进医院。

昏迷中，她想念着朝夕相处几年的乘务伙伴们。"我的姐妹们，手术以后我就不能再讲话了。我是多么想再和你们说上几句话呀！看来这是不可能了，我只好先写上几句话……""崔师傅，请你好好检查一下你的腰，不要什么都不在乎……""你们要多帮团支书做点工作，因为他的身体也不好。"姐妹们来看她了，看到了她写的信，姐妹们哭了。走出医院的时候，姐妹们看到桂荣支撑在病床上。脸贴在窗玻璃前，久久地、久久地凝送着她们……

她对妈妈说："妈，我给您买的那身布料您做好了吗？爸那件大衣合身不？我在互助会中还存着五十块钱，取出来给在山东的姥姥寄去。我多想再看一眼咱们家呀！"

她忽然睁开了眼睛："妈妈，我的猫呢？我想看看我的小猫。它乖吗？它长大了吗？我想它……"

7月14日下午，桂荣去世的头一天。孙毅在她身旁护理着。桂荣从床上吃力地坐起来，要来镜子，要来梳子，散开头发，一下一下地轻轻梳起来。她取出一方红色的手帕把头发扎成一束，对着镜子端详着、端详着，一丝甜甜的笑意溢在嘴边……孙毅望着她，坐到她的身边。桂荣拿出纸来，写下几个字，用羞涩的眼光瞧着孙毅。孙毅拿起纸张，只见上面写着："结婚完毕。"孙毅也望着她，不停地点头，热泪一个劲儿地涌流出来……

7月15日下午3时，王桂荣走完了她生命的历程。她是笑着去的。党，在她逝世前的头两天，批准她为中国共产党正式党员。这位只有两天党龄的青年，以她年轻的生命为党和祖国写下了光辉的一笔。

（摘自《中国青年报》1985年10月2日）

戏台子

韩振远

　　甲申年春天，我花了两个月时间在山西各地乡村游走，一路上看到的景物中，除了要考察的山西古祠堂，印象深的，要数遍布在各个乡村的戏台子了。不管是晋北晋南，吕梁山还是太行山，好像大点的村子都有戏台子。和祠堂一样，戏台子如同人们的精神家园，也是人们汇聚的场所。在乡村里，戏台子算是高大的建筑物。从村子里走过，在一片低矮的房屋中，会赫然看见一座高大的屋宇鹤立鸡群般矗立在乡村明媚的阳光下，表现出一种神秘肃穆的姿态，那大概就是戏台子了。走过去，先是一片踩得发白的土场地，风一吹，沙土弥漫，周围的蒿草瑟瑟索索，又现出凄凉的氛围。

　　接着，戏台子就抢在眼前，一切都是那么熟悉，古朴的建筑格局，两根斑驳发白的柱子撑着略显沉重的屋顶，前面台额上会有某某村戏台几个字，台面像一副被剥离的空壳，又像张大了嘴在高唱，夸张而又哀婉，让人能够想到这里并不常有丝竹弦管之声。戏台两面的对联也许会让人精神为之一振，细看，便会感觉到一股浓郁深沉的古韵。记不得是什么地方戏台上的对联了，给我留下深刻印象的有这么几副：

歌声婉转如闻好鸟枝头

舞态轻扬可想落花流水

世事总是空何必以空为实事

人情都是戏不妨将戏作真情

演离合悲欢当代岂无前代事

观抑扬褒贬座中常有剧中人

有戏唱的时候，这里会变成另一种模样。暗红色的大幕神秘地拉着，被台上的灯光照得熠熠生辉，戏台子顿时成了全村最光彩照人的地方。若是那些粉面桃腮、披红挂绿的角儿们一声叫板，踩着台步出来，戏台子上简直就让人神往了。那些天，戏台子下，是村里最热闹的地方，也是村里最让人心醉的地方。随着戏里阳秋，台下的庄稼人或喜或悲，目光和心都会跑到戏台子上。

小时候，我常在戏台子上玩。从我家往西不过两百步，是我们那个小镇的药王庙，院子里朝南的大殿红砖绿瓦，被镇粮站封了做粮库，朝北的戏台子正对着大殿。那是一座破败的戏台，也不知是哪一年建的，只有戏台边沿被磨得发亮的青石条能够说明年代的久远。村里年长的乡亲一说起在药王庙戏台上唱戏的盛况，还啧啧夸赞。据老人们说，自从那年六月六庙会唱戏时，被日本人的飞机炸死过几个人，药王庙戏台上就再没有唱过戏，高高的戏台和宽阔的场地，成了我们这些半大小子玩耍的地方。跳上跳下之间，就玩出了名堂，几个人站在台上，装腔作势，咚咚锵锵，竟也扮起了戏里的人物。那会儿，望着台下的伙伴，感觉自己很像个角儿了。

上学了，学校在小镇西头，对面就是戏园子的后门，唱戏的日子，心不在焉地坐在课堂上，好像连魂也被那悠扬的乐声勾了去。去学校总要从戏园子绕过去，看看拉着大幕的戏台子，再看看卸了装的演员，想着演出时的热闹，心便跑到想象中的戏里。等从那种气氛中醒来，一惊，急急赶到学校，多半迟到了。晚上，死乞白赖跟着大人来到了戏园子，在神情专注的人群中，只恨个头儿长得矮，听得见角儿们悠扬的唱腔，能看到的却只有戏台子上闪亮的大幕和耀眼的汽灯，那个着急呀。过去许多年了，到现在给我印象深的，不是哪个剧团演出的哪一出戏，也不是哪个名角儿的表演，而是那座高大的戏台子。

挂上大幕的戏台子，给人一种神秘莫测的感觉，仿佛藏着许多玄机。等大幕拉开，一个个光鲜艳丽的角儿从里面扭扭捏捏走出，一番莺歌燕舞，又一番长袖翻飞，就把人连同心都带到了戏台子上。再听着如痴如醉的大人们喊几声好，感觉戏台子上就是另外一个世界了。

第二天上学，特意从戏园子里绕过，只见大幕合拢，悄无人声，戏台子前长短板凳一片狼藉。再看戏台子，感觉就像一个矜持得有些冷漠的人，孤傲地站在面前。这样每天从戏台子下走几趟，戏台子不断变化着，有时大幕拉开了，透出淡蓝色的底幕，像个敞开了衣襟的少妇，望着亲切。有时，几个人在台上若有所思地走动，细看，竟是昨晚赢得满场喝彩的角儿，此刻，竟平平常常，全然没有一点风采。有时，紧闭的大幕里传来婉转悠扬的乐声，若山谷回音一般让人遐想。戏台子跟着也发生了变化，好像本身就是个角儿。直到有一天早上，从戏园子里走过，突然看见大幕没有了，戏台子上空荡荡的，一下子就看到了白色的墙，显现出一种凄凉荒芜的神色，顿时有了失落感，心有不甘地跳上戏台子去看，仿佛还能闻到那些角儿的气息呢。

从我家往东不过五十米，是村里的娘娘庙。我们村小，只有四五十户人家，盖不起戏台子。娘娘庙前的平台，经过一番整修后就成了村里的戏台子。每年冬天农闲时节，村里好热闹的男男女女都要排几出折子戏，天天晚上聚在与我家相邻的一所空房子里，扯着嗓子高唱，一直闹到深夜。我常常是听着这些人的笑声、唱戏声和争吵声入睡的。等过了春节，娘娘庙前的戏台子上搭好了幕，村里像有了喜庆事，人人脸上都有了掩饰不住的笑容，有的媳妇还专门把娘家人接来。晚上戏开了，一个角儿走出来，扭扭捏捏，一张口却气壮如牛，弄得大家一愣，接着哄堂大笑。那时候，七爷已经有五十多岁，长着一副皱纹纵横的黑脸，没想到走出台来，扮的竟是个粉面桃腮的旦角儿，捏细了嗓子一声唱，脸上的粉簌簌往下落。淑兰婶子本是个身材高挑面容端正的小媳妇，扮的却是个小生，出场来一番比画，连村里人也认不出来，一阵议论：咱村里哪有这么好的小伙呀！娘娘庙前的戏台子比不上戏园子里的大戏台，地方小，简陋，却引得许多人都想上台亮亮相，我儿时的几个伙伴，才是十一二岁的小鬼，也在大人热闹的间隙中上台比画了一阵。

过了那几天，地里的活儿忙开了，娘娘庙又成了娘娘庙，孤零零地戳在巷口，一副残破的样子，七爷还是七爷，黑着脸从娘娘庙前走过时，会由不得吼上一嗓子。

我七八岁的时候，一对外地逃荒来的年轻夫妻带着一双儿女住进了娘娘庙，自此，天天看见小两口领着孩子走进娘娘庙。他们在庙门上挂了副草帘子，走过去，帘子一动，人就闪了进去。小两口经常吵架打架，有时，吵着打着，就闹到了帘子外，在村里人唱戏的台子上，夫妻俩又打又闹，一双儿女在一旁哭爹喊娘，倒是真的演出了一场人间悲喜剧。每当此时，巷里各家的门都开了，女人们望着台子上的一家人，叹一口气，又走了回去。

平常的日子，娘娘庙里静静的，和巷里的人家一样，会冒出一缕缕炊烟。一天，那副草帘子又是一动，汉子闪了出来，这回却不是和老婆打架，只见他比画了个动作，一声吼："我坐在城楼观山景，只听得城下乱哄哄。"那是我经常听到的戏词儿，那一刻，望着汉子神色凄然的面孔，我已分不清他到底是那个粗陋的汉子，还是唱戏的角儿。

前两天，我回老家时，顺便去看了看我记忆中的几个戏台子。药王庙早就没有了，当年有戏台子的地方盖起了一座二层楼。村头的娘娘庙还在，却不再是当年的模样。村子在变大，娘娘庙现在的位置已经在巷中间，那么小，那么破烂，让人难以想象当年怎么能在上面唱戏。走近看，庙顶已经坍塌，只有四面墙还完好无损，好像在坚守着什么秘密，让走过的每一个人，都会想起这里曾经发生过的事情。

只有镇西头的戏台子还完全是记忆中的样子，但看上去却是灰头土脸，再也没有当年的风采，与我在各地乡村看到的戏台子并没有两样。我问在戏台前徘徊的一位老人这几年都演过什么戏，他说，现在谁还在这上头唱戏。

没想到我很快就看到了另一种戏台子。还是在镇西头离戏园子不远的地方，几个人正在搭建一座新的戏台子。一辆有高高车槽的拖车被小四轮儿拉到一家办丧事人家的门前，车厢上几个大字格外醒目——"豪华流动戏台"，几个人放下车槽，左支右撑，不一会儿，一座像模像样的戏台子竟搭成了，上面灯光、音响、幕布俱全。这是近年来在乡间流行的一种戏台子，谁家有事，能很方便地在自家门前搭起来。那些矗立在村头的戏台子好像再也用不上了。

那天晚上，我在这样的戏台子下看了戏，事主家请的是正规剧团，几出折子戏唱得音韵婉转，引得台下的人一阵阵叫好，而我，望着那简单的戏台，就像吃了快餐一样，怎么也找不到以前的感觉。

（摘自《读者》2006 年第 3 期）

父亲二十年前的叮嘱

徐德新

天刚蒙蒙亮，父亲就挑着柴火和我上路了。那时我刚到县城里上初中，父亲的负担因此更重了。隆冬将近，父亲经常抽空上山砍柴，然后卖到县城，由此给我凑生活费以及学杂费。每个周末，我都会回家帮助父亲砍柴，然后周一凌晨再走二十里的山路到学校去。这一次，因为我额外需要五元钱的奥数测试费，所以父亲晚上又摸黑砍了一担柴，等到第二天早晨在县城卖掉后再把钱给我。

"最近钱是越来越紧张了。"父亲挑着担，边走边嘀咕。自从到县城上学，这句话我听了已经不下百遍了。一阵阵轻微的冷风袭来，天渐渐亮了，山脊的轮廓越来越清晰。有白而软的东西从空中飘下来，落在父亲的身上，倏忽就不见了。忽然又有两片落到我的鼻尖上，用手一摸也没了，鼻尖只留下一点冰凉的酸。抬头远望，雪花正从天而降，有些大一点的树叶上已经挂白了。除了扁担的颤悠和我们轻重不一的脚步声，山路静谧而空蒙。

不知不觉间，县城到了。

街上大部分的人家还没有开门。父亲挑着担，带着我挨家挨户找买主。由于担心耽误我上学，又怕柴火打湿了没人要，父亲走得很快，我能听到他的喘气声越来越大。最后终于在一条弄堂里遇到了买柴人。父亲卸下柴火，从那人手里接过一沓毛票，仔细地数了数，一共四元。父亲说："同志，我这担柴要五块钱哩。""什么？昨天不还是四块吗？"那人瞟了一眼父亲。"昨天是昨天。您没看我这担柴，比别人的要厚重得多吗？"父亲小心翼翼地说。"那我不管，都是四块钱，我又没有让你搞这么厚重。"那人没有丝毫加钱的意思。"今天下雪了，您看我多不容易，就加一块吧！"父亲几乎是哀求的口吻了。

我从门缝看见那人在裤兜里掏来掏去，终于摸出一张皱巴巴的五元纸钞，然后把那沓毛票从我父亲手里抓过去，又把那张纸钞从门缝往外一扔，丢下一句话："拿去吧！"

风裹挟着雪吹过来，纸钞落到门槛前父亲的脚下。父亲怔怔地站着，不知是因为冷还是累，他的鼻息变得忽粗忽细。等我走过去刚要把地上的钱捡起来，父亲忽然把我拉到一边，然后低下头，弯下腰，缓缓地把那张纸钞拾了起来，揣在怀里。父亲弯腰去捡钱的时候，我发现他的身体几乎弯成了一个零度角，头几乎触到了地上。父亲站起身来，对那人说一声："多谢了！"然后转身拉着我默默离开。

"爹，你冷不冷？"等走远了，我问父亲。因为要挑担，父亲出门的时候穿得有点儿少。"你可得给我好好读书，"父亲顿了顿说，"没有别的出路，只有读书才能进城。"

雪下得越来越大，整个县城变成了一片银白色。父亲没有急着回家，他要一直把我送到学校去。"爹，本来我不想花那么多钱去参加那个什么测试的。可是老师说了，要是获得好名次，将来能保送上北京的大学。"眼看快到学校了，我终于忍不住说出了心里话。我有点想哭了，眼睛湿湿的。"测试好啊，爹和娘支持你。要是能保送上大学，那真要感谢老祖宗了。"父亲摸着我的头说，"我当年也想上大学呢！看来这个愿望你能帮我实现了。"

到了学校门口，父亲从怀里把那五元钱掏出来，塞到我的书包里，好像生怕它还会飘走似的，使劲地把书包捏了又捏。"孩子，爹还有一句话"，父亲望着我，神情与以往大不一样，"等你将来有钱了，假使也遇到了像我这样的人，你最好不要让他……"

"什么，爹？"

"在你面前低头弯腰。"

（摘自《北京晚报》2005 年 11 月 9 日）

喊 魂

郭震海

这是专属乡村的声音，属于乡村的人，也属于乡村的鸟雀、乌鸦、蝼蚁和其他一切活着的或已逝的生灵。

"狗蛋哟——回家喽！"

"回家喽——狗蛋哟——快快回家喽！"

黄昏近，红日走西。

我闻声寻去，脚踏在一条完全由岁月刷亮的青石小道上，青石小道一路延伸而去，就是村庄的心脏。接近声音的源头，忽见一户人家，门庭大开，倚门而立的是一位老太婆。她一身布衣，白发苍苍，正手扶门框，做着一副翘首企盼的样子高声呼喊。她的喊声悠扬而深远，似乎又有点不慌不忙。这声声喊，喊沉了落日，喊淡了夕阳，越过房舍，绕过村庄，就如脚下的青石小道一样悠长。

狗蛋是老太婆的孙子。令人费解的是，此时的狗蛋明明就坐在屋子里的矮凳上，正耐心地啃着半个苹果，老太婆却在喊，认真地喊，固执地喊。仿佛一个狗蛋待在家，还有一个狗蛋正迷失于荒野。

村里人告诉我，这老太婆并不固执，在村子里出了名的能干，是个称职的奶奶、合格的娘。和村里的大多数男人一样，为赚钱养家，老太婆的儿子带着媳妇开春就远走他乡去打工，走时将他的儿子留给了娘。

岁月洗白了娘的乌发，日子压弯了娘的脊梁，老太婆养大儿子后，又接过照看孙子的重任。白发奶奶又成了娘，乡村的女人啊，一辈子最当不够的就是"娘"。面对生活，老太婆从来不曾有一丝抱怨，或许她已经遗忘了抱怨，或许早已习惯了睁开眼就劳作，只要不躺进棺材就像蚂蚱一样蹦跶。这也是多数乡村老人的宿命，如同一把伞，只要不坏，风里来雨里去只顾用，直到历经风吹雨打后千疮百孔，再也撑不起腰身。安静地离去时落下的几滴泪水，是放心不下儿孙的无奈，还是如释重负后的欢愉，有几人能真正说得清。

"狗蛋哟——回家喽！"

"回家喽——狗蛋哟——快快回家喽！"

老太婆依然在喊。她心里清楚，必须在黄昏消失前将迷失的狗蛋喊回家，这样家里的狗蛋才能活泛。喊，不停地喊。狗蛋平时很活泛，活泛到能在奶奶的眼皮底下偷走母鸡刚刚下的蛋。

就在前几天，狗蛋突然吃饭少了，睡觉不实，放学回来就坐在矮凳上发呆。这可急坏了奶奶。

"蛋儿，哪里不舒服？"奶奶急慌慌地问。

"哪都好！"狗蛋说。

奶奶伸手去摸额头，凉丝丝的不见烫。

"这好端端的咋就蔫了呢？这……"奶奶自言自语着，手里拿着一团面，竟忘记了自己正在做午饭。老太婆的丈夫在一次意外中英年早逝，她从39岁就开始守寡，一个女人撑起了一个家，以牺牲自己为代价延续了一门香火。一直以来，我都不明白，这个年迈的老太婆，曾经朴实无华的乡村女人，靠一种什么样的信念，用一种什么样的毅力，以一种什么样的方式，以柔肩挑起重担，直面现实，在岁月的长河中艰难跋涉。远望乡村，层层梯田，蜿蜒的小道，美丽而静默，如诗如画，然而身为其中人，真实的生活不是诗，更不是画。对于一个没有男人的家来说，无情的现实、艰辛的日子就如雷鸣般从身上轰隆隆滚过，苦苦劳作，省吃俭用，养大儿子，为公爹公婆养老送终，生活的苦难让她早已忘记了自己的性别，独自承受了太多。

最终奶奶凭直觉"确诊"，孩子是丢了魂，需要为蔫了的狗蛋儿喊魂。

人真的有灵魂吗？我不知道。说有，无人亲眼见得；说无，又过于绝对。自古到今关于魂魄的记载与描写甚多。"喊魂"作为一种民间习俗，且真真实实发生在我们生存的这块大地上，历史悠久、流传甚广。宋玉在《招魂》中说："魂兮归来！反故居些。"《中华全国风俗志》的解释为："小孩偶有疾病，则妄疑为某地惊悸成疾，失魂某处。乃一人持小孩衣履，以秤杆衣之；一人张灯笼至其地，沿途撒米与茶叶，呼其名（一呼一应）而回，谓之叫魂。"这或许正是对"喊魂"这种民俗的权威记载。

老太婆依旧在喊。声声喊，喊得夜幕低垂，喊得黄昏燃尽。此时，下田归来的农人陆陆续续踏着青石小道进村，吃饱的牛羊陆陆续续进村，黄狗黑狗白狗陆陆续续进村。无论是人还是畜，对这喊声早已司空见惯，自顾自忙，不去理会。一时间，人和畜，飞鸟和家禽等，各种各样的脚步声、吵闹声、欢叫声交织在一起，形成山村黄昏独有的声响。这是一天中声音最多的时刻，是夜晚来临前山村奏响的交响曲。等这些声音没有了，夜晚就真真切切地来了。山村里总会鸡入窝，牛进圈，人归家，无论是人还是物都会将整个夜晚结结实实地留给那些需要夜晚的生灵，他们轻易不会去打搅，因为他们懂得夜晚不该属于他们。

"狗蛋回来喽——回来喽——"

"我家狗蛋儿回来喽——"

伴着这一声似乎夹杂着喜悦的喊，仿佛是谁突然按下了静音键，老太婆的喊声停了，整个山村仿佛失声般回归属于夜的宁静。

黑暗中，我坐在某个角落，眼前似乎再次出现那个坚强的老太婆，一身布衣，白发苍苍，她正手扶门框，以一副翘首企盼的样子在高声呼喊，那声音喊在耳边久久不散。或许另一个狗蛋真的被老太婆喊回家了，或许此时矮凳上坐着的狗蛋又活泛了，正在大口吃饭。

对于诸如"喊魂"这样的乡村民俗，自认为已经很文明的人总会拿着"文明"去嘲讽其"愚昧"，更会拿着"科学"去抨击这据说本不该出现的"迷信"。或许乡村人确实是愚昧落后的，但他们心里认为，人活着是有灵魂的，所以乡村人做人或做事，不光想到要对得起自己，还要对得起自己的灵魂。在他们的世界里，有生者，也有逝者，这些都与世共存。

（摘自《读者》2015 年第 23 期）

在我们去打酱油的那条路上

陈思呈

说到打酱油，那曾是我们的日常工作。

二十世纪八十年代的每个孩子都干过。家里做菜要用酱油，下面条要用芝麻酱，早餐要吃下粥菜，都要派孩子到杂咸铺走一趟。

打酱油有两种规格，一是用瓶，一是用碟。用碟的几分钱就够了，用瓶的则要两毛钱。两毛钱里，一毛八分钱用于打酱油，剩下两分钱买一颗糖，神不知鬼不觉地吃掉。这是儿童打酱油业的潜规则。

打芝麻酱又不同。装芝麻酱的不是瓮，而是玻璃缸。上面盖着的也不是木板，而是大玻璃片。通体透明的玻璃缸，体现了老板对芝麻酱本身的信心：其姿色和形态确实值得展露，膏油滑腻的样子总能让人产生通感。所以打芝麻酱的小孩，碟子里盛着五分钱的芝麻酱，回到家里，一般只剩下二分钱的，有两分钱的在路上被舔进肚子了。这是儿童打芝麻酱业的潜规则。

这些都是我和小夏在这个人到中年的秋天里，共同回忆起来的。但小夏记得的比我多。她早慧，五官开放程度更充分，听到、看到、感到的比普通的小孩多。

小时候，我们俩分头居于一条街南北两端的两条巷子里，两条巷子里各有一个杂咸铺。小夏打交道的杂咸铺老板是一个热情而瘦的女人，大家都喊她"三姨"。而我打交道的那个杂咸铺老板却是一个脸色阴沉的老头，记忆中他从没开口说过话，只听家里的长辈叫他"铜锣伯"，但以我们几分酱油钱的交情，也没到需要开口交谈的程度。

如果我和小夏走出各自的巷子，我们可能会在大街上相遇。我们很可能在大街上义井巷口的饼干厂门口相遇。因为，彼时有些孩子打酱油时会特意绕远点，到饼干厂旁边的杂咸铺去——为了尽情地呼吸从饼干厂飘出来的芬芳。

饼干厂华丽的芬芳与杂咸铺酸涩清寒的气质，其对比宛如唐肥与宋瘦。饼干厂像交响乐，杂咸店像《二泉映月》。哎，不，饼干厂的芬芳不能形容也无须形容——体会太深，比喻反而显得玄虚。"饼干厂"三个字不是名词，而是形容词。传说中的"流淌着奶和蜜之地"，也许就是饼干厂。

和饼干厂一样华丽的地方，是冰室。冰室的芬芳与饼干厂的又有不同，除了它们适合的季节不同外，香味也稍带区别。饼干厂的芬芳更娇憨，冰室的芬芳更浪漫。如果用年龄来形容，当我们站在饼干厂前面使劲吸溜着鼻子时，我们还是儿童；当我们坐在冰室里看着雪糕从小窗口里被送出来时，我们已经是少女了。

雪糕一般有两种颜色，粉红和鹅黄。冰花则是透明的。有时候是一个雪糕加一个冰花，搭配效果十分美妙。为什么食物那么美呢，这个世界对嘴馋的小孩太好了！

如果我和小夏都再绕远一点，我们也许会在电影院门口相遇。但电影是晚上才放的，那时会涌现一些卖零食的人，他们的自行车后面都绑着两个筐子，把神秘的苫布揭开，里面很可能是刚炒香的葵花子。

电影院门口还有卖竹蔗的，跟瓜子一样，都是一场电影结束后地板上丰富垃圾的来源。"乌腊蔗"是竹蔗的一种，秆粗而皮黑。平时想吃的时候，就去祖母或外祖母那里，深情地叫唤一声，便能获得几分钱，足够买上一大截吮吸良久。但去母亲那里叫唤是没用的，母亲认为嘴馋是家教不严的表现。

彼时让孩子去杂咸铺买东西，都不说店名，多数杂咸铺也没店名，皆是用店长的名字代指，而且多是外号。比如，去铜锣伯那里打酱油，去三姨那里打酱油。多数店主的名字很奇怪，叫熟了也不求究竟。例如，卖猪肉的叫"德国兵"，他早年腿受过伤，走路时无法弯曲。人们认定德国兵走路就是这个姿势，便"赐名"与他，他也只能接受。

在那条打酱油的路上，我们还能遇到什么呢？能遇到沿街叫卖的小贩——补伞的，补锅的，绑牙刷的，卖菜的，收尿的，撬尿桶垫的，还有用篮子提着各种米果穿街走巷卖的。神奇的是，如果买方没钱现结，卖方也不强求，只拿块瓦片在墙上记一下欠多少分多少毛，留待以后对证。

吾乡乡谚"个钱橄榄个钱姜，个钱银锭个钱香"，说的宛然就是那个走在打酱油路上的小孩，拿着几分钱买这买那、左顾右盼。

记忆中，我家那条巷子比较热闹，小夏家那条巷子则很安静。她说如今常常梦见那里，梦里她总在奔跑，因为梦里总是夜晚，从外祖母家回来，在没有路灯的巷子那长长的寂静里，她一个人拔足狂奔。她家在巷子最里端，巷子里有个并无攻击性的疯女人。白天经过她家门口时，人们总觉得忐忑不安。但对小夏而言，这个疯女人在夜晚给她的感觉则完全不同。

小夏害怕半夜醒来，极端的安静让她产生时空的不确切感。但假如疯女人也在半夜醒来，那就太好了——疯女人确实经常在半夜醒来，搬一张凳子，坐在家门口的巷子中间，大声地和一个不存在的人说话。她时而痛声咒骂，时而婉言相劝，时而语带哭腔，时而亢奋歌唱。她在说什么，年幼的小夏丝毫听不懂。然而，有疯女人的声音，小夏就不再觉得半夜深巷的寂静令人害怕。她听着疯女人在夜色中情状各异的倾诉，带着一种莫名的安慰，踏实地重新入睡。

然后，也许是一觉醒来吧，就四十了。

（摘自《读者》2018 年第 1 期）

火车上的故事

梅子涵

　　我说一件 1983 年夏天去吉林市的事，再说一件 1984 年夏天从大连回上海的事，两件事合起来正好是一个完整的故事。

　　1983 年的时候我是助教，出去开会只能坐火车硬卧，不能乘飞机。可是 1983 年的时候想买卧铺票都很难，我只好上车再补。火车刚离开上海，我已经站在补票的车厢排队。那是 7 月，火车上没有空调，所有的车窗都开着，但是车厢里依然很热。广播里说，要过了无锡才能补票。我安心地站着等，那时我的耐心比现在好无数倍。我的前面是一个抱着孩子的年轻女人，她旁边还有一个大箱子。孩子总在她怀里动，一边挣扎一边哭。女人为难地一会儿离开队伍，一会儿又回来。我对她说："你就站在旁边吧，等会儿我帮你一起补票。"女人感激地说："谢谢你，真谢谢你。"女人告诉我，她是去大连探亲的，爱人是海军，她要在沈阳转车。

　　这是一列到沈阳的车，我也是在沈阳转车。

补到卧铺票，已经是深夜，我帮女人拎着箱子朝卧铺走去。

卧铺的人早已安静地睡去，灯全熄灭。我帮女人拎着箱子摸黑走进来时，心里只觉得那些睡着的人真幸福，原来如果上车前就有一张卧铺票，是可以如此优越的！

我用自己天生的好视力寻找着卧铺号，我是中铺，她是隔壁一间的上铺。我让她和孩子睡在我的中铺上，我到隔壁的上铺躺下了。我离开她时，她对着我很轻声地说："谢谢你，真谢谢你！"

我躺在上铺，没一会儿就睡着了。

早晨醒来，车厢里已经被7月的太阳照满。我看见女人坐在铺上和孩子玩。我刷了牙洗了脸，就去餐车吃面条了。

餐车人不多。我吃着五毛钱一碗的肉丝面，看着窗外的田野飞快逝去。火车在符离集停下了。

这是一个以烧鸡著名的地方。我想，等回来的时候，要买一只烧鸡带回去。

可是还没有等我想更多，火车已经开动。接着听见的是脚步声和喊叫声，车站上一片混乱。我不知道发生了什么。

我回到卧铺。卧铺里也发生了混乱。那个在大声说话的是列车长。他说，他干了二十几年铁路工作，从来没有碰到过这样的事情！他发纸给大家，让大家写下看见的情景，签上名，作证，他要告到铁道部。

原来，车站打错信号，火车提前4分钟开了。不少人下去买烧鸡，来不及上车。那抱着孩子的女人也没上车，她的箱子还在车上。

事情接着怎样？列车长不知听谁说的，昨天夜里是我送女人和孩子进卧铺车厢的，于是就让我学雷锋学到底，明天一早到了沈阳先别去吉林，在沈阳逛逛，傍晚五点半他在车站通勤口等我，女人和孩子坐后面的车到沈阳，我陪他一起把箱子交给女人。列车长没说女人，而是说女同志。我一口答应了。列车长说，到吉林的票，他会帮我解决，一定有座位！我早晨5点半到沈阳，一直逛到傍晚，傍晚五点半和列车长在通勤口碰头，女人抱着孩子来了。列车长把箱子放在女人面前，女人激动地和我拥抱。那是 1983 年，中国的普通男女还不会这样的拥抱，但是她拥抱了我！

我乘半夜的车去吉林。列车长帮我买的票没有座位，他说："真抱歉，没有座位了，你以后再到沈阳来一定找我，我姓张！"我昏昏欲睡地站着，列车驶过黑夜，我没有一点埋怨，很像雷锋。故事结束。

又是夏天，1984 年了，我在大连开完会，陪着著名的陈伯吹先生先到沈阳，再回上海。辽宁作协为我们买沈阳到上海的卧铺票，可是他们把我们送到车站时，没有给我们票，而是给了一张纸，纸上写着列车长的名字，列车长姓陈。他们说，姓陈的列车长会为我们办好卧铺票。

列车员说，陈车长今天根本不当班。我急得发昏！因为陈伯吹先生年纪大了。这时已经是晚上 9 点多。我让陈伯吹先生先坐在卧铺，我站在过道上等。其实我也不清楚自己在等什么。

结果我等到了张车长！

他从过道那一头走来。我大声喊："张车长！"我的眼泪都快涌出来了。我说："张车长，你还记得我吗?"

他看看我："你就是那个学雷锋的大学老师！"

张车长为我们补了票。他说："今天如果没有卧铺了，我就让你们睡到列车员的车厢去！"

第二个故事也结束。

两个故事加起来的完整故事结束。

再加个结束语：哪怕车厢的灯全都熄了，还是会有人看见你。我送女人和孩子进卧铺车厢就被黑暗里的人看见了。如果你"学过雷锋"，那么你就会等到"张车长"。

（摘自《新民晚报》2011 年 7 月 2 日）

找 肉

申赋渔

　　刚上小学的那段时间，村子里的孩子们特别痴迷收集火柴盒。农村里火柴盒的品种比较单一，所以收集起来比较困难。有一次，我家西边的三碗叔不知从哪里买了一打罕见的火柴。图案是一个古代美女，印在薄薄的纸上，贴在火柴盒上。因为难得，大家都虎视眈眈地守着，等火柴用光，盒子空了，立即抢走。

　　那天放学回来，我扔下书包，拔脚就朝三碗叔家跑。进他家门的时候，一头撞在三碗婶的怀里。"莽张飞。"三碗婶边说边走出门去。我顾不得理她，一头钻进厨房，在她家的灶台上下到处摸索。摸了半天，只有一盒刚用了一半的火柴，不好拿，满心失望，空手而归。

　　晚上，我盛了一碗大麦稀饭，因为嫌烫，正低着头吹气，忽然三碗婶哭哭啼啼地闯了进来。

　　"大鱼儿，可曾望见我放在釜冠（锅盖）上的肉？"

我茫然地摇摇头。

三碗婶哭起来："讨债鬼今朝生日，我让三碗头去称了点儿肉。讨债鬼今年一年还不曾尝过肉星子，哪晓得，肉放在釜冠上，我到园田里去挑了两根菜，回来，肉就没得了。我出门的时候，撞到大鱼儿往锅上跑，就来问问。"

"我没看到。我找火柴盒的，没找到……"我话没说完，父亲劈头就是一巴掌。我的头撞在碗上，一碗稀饭泼翻在桌上。

"我没看到肉。"我哭喊着，眼泪掉下来。父亲扬手又要打我，被奶奶拦住了。

"你什么时候看到我家伢儿拿人家一个针线的？你不要听到风就是雨。"奶奶一把抱我过去，护在怀里。父亲从抽屉里拿了手电筒，对三碗婶说："不要急，你不要在这里哭，我跟你找去。找不到，我称肉还你。"

奶奶一听父亲要称肉还她家，急得匆忙牵上我，跟在后面，一起去三碗叔家。

三碗叔蹲在门槛外面的屋檐下，抱着手臂，一声不吭，看我们过来，也不站起身来。他显然已经找了一阵子，找不到，在生闷气。三碗叔六岁的孩子，手里端着个用土霉素瓶子做的煤油灯，抽抽泣泣，还在床前桌脚找着。

父亲先在锅台上找，连放灶王爷像的木牌后面都找了。接着又打开碗橱找，在地上找。奶奶用一根木棍，反复地捅着他家的炉灶。三碗婶淌着眼泪跟在后面，既不帮忙，也不说话。小孩牵着她的衣角，亦步亦趋地跟着。

厨房里找完，父亲又到堂屋找，堂屋找了，又在卧房找。他是知道的，我不会偷肉。可是，如果找不到肉，那就是我偷的。

三碗叔还在门口蹲着。他是个老实人，平时看到我，从来都是笑眯眯的。他在家也一直是被三碗婶呼来喝去，整天只知道干活，很少说话。

该找的地方都找了，父亲、奶奶、三碗婶，都呆呆地站在堂屋的中央。我的心里惊恐万状。看我们不找了，三碗叔的儿子去拉他，说："爸爸，我要吃肉，我要吃肉。"三碗叔反手一巴掌，打在他的屁股上。他大哭起来。

三碗婶冲过去，一把把三碗叔推坐到地上，哭着说："你还有脸打孩子。"

三碗叔站起身来，重重地给了三碗婶一巴掌。这是我们第一次看到三碗叔打三碗婶，三碗婶呆住了。三碗叔走到我父亲身边，对父亲说："哥，你回去，没你们的事。大鱼儿是不会拿我们家的肉的，这个孩子我知道。不要难为孩子，只怕是被猫狗拖走了。"

父亲无言以对，什么也没说，扯着我的手就往家走，我不肯跟他走。我知道，他拖我回家，是要打我。我死命地拉着奶奶的衣服，奶奶用双臂护着我，骂着父亲，让他走，让他不要回家。

父亲走了，奶奶牵着我，慢慢往家走。回家要从三碗叔家左前面的养猪棚门口经过。里面的猪发出一阵阵哄闹声——一家人忙着找肉，连猪都忘了喂。

已经走过棚子门口了，奶奶突然回过头，朝里面走去。三碗婶立即跟了过来。奶奶端了挂在猪栏上的煤油灯，低下身子，朝猪食槽望去。两头猪正用嘴拱着什么。

奶奶把猪赶开，用手从猪食槽里拎起一块东西，凑近灯一看，是肉。

三碗婶一把抢过去，脸上还满是泪呢，立即就笑了。她顾不得粘在肉上的糠和猪食，拎了就往厨房里跑。奶奶说："恐怕是被猫叼到猪圈里的。还好，肉好好的，一点儿没被吃掉。"

回家之后，我没有吃饭，洗洗就上床睡了。睡梦中，我忽然被奶奶摇醒。奶奶端了一碗米饭，米饭的最上面，摆放着两块大大的肉。

我们这里有个风俗，如果哪家有客人来，或是为什么事烧肉了，一定会给左邻右舍送一碗饭，饭上放一块肉，浇些肉汤。

今天，三碗叔家特意多给了一块肉。我知道，那是给我的。我跟奶奶说："奶奶，我不吃，我要睡。"

我翻过身，用被子蒙着头。奶奶走了，我在被子里默默地流着眼泪。

（摘自南京师范大学出版社《肥肉》一书）

二十年的派克钢笔

秦嗣林

1988 年，一个再寻常不过的下午，我一如既往在铺子里忙日常事务。一位老先生推开大门走了进来，颤巍巍地从怀里掏出一支派克钢笔，表明要典当。派克钢笔原产于美国，在 20 世纪五六十年代曾盛行一时，是一种身份的象征。

我端详着眼前这位老先生，他年近古稀，有一种不同于他人的文人气质，说话时有浓重的山东口音。感觉投缘，我便请老先生到办公室里坐着歇腿，沏壶茶请他喝。一坐定，老先生就将钢笔递给我。在灯光下，笔身现出因长期在指间被摩挲而特有的光亮，虽然有些磕碰的痕迹，但还是看得出使用者的爱惜之心。再转到背面，只见笔杆上面刻着"杨老师惠存"5 个字。

一问才知，眼前这位老先生就是杨老师。我一听他是位老师，而且还是山东老乡，亲切感油然而生，忍不住多聊了一会儿，便又接着问他："为什么要当这支钢笔？"

　　杨老先生回答说："我年事已高，眼力也不好，没办法写东西了。与其让它闲置身边，不如换一点钱。如果传到有缘人手上，至少可以拿它写写字，钢笔的生命也得以延续。"

　　问明前因后果，我感佩杨老先生爱惜文具的读书人个性。虽然一支老旧的派克钢笔值不了多少钱，而且被人买走的概率也不大，但我还是马上写好当票，将典当的 800 元交给他。

　　由于杨老先生无意赎回，所以 3 个月后，这支钢笔自然流当了。我把钢笔从库房里拿出来，擦拭干净后，放进门市部的玻璃展示柜中。那是铺子的流当品陈列区，专门摆放没人赎回的商品，等待其他顾客的青睐。一般来说，流当品可简单分为两种：一种是市场接受度高的物品，例如相机、手表、电器等，这类商品通常会被专收二手商品的商贩买走；另一种是各路商贩都缺乏兴趣的商品——虽然派克钢笔算是名牌产品，但是没什么与众不同的设计，甚至有人说收钢笔不如收个打火机实用。

　　那方小柜，虽名为展示柜，实则十分简陋——一方面是因为流当品陈列柜不够显眼，一方面也是因为里头其实没什么值钱的东西，自然比不上百货公司的橱窗引人注目、光鲜亮丽。一年多下来，别说卖掉，连一个询问派克钢笔的客人都没有，渐渐地，我也忘了这支钢笔的事。

　　某日下午 5 点多，有位先生恰巧在当铺门口的公交车站等车，闲着没事四处张望，赶巧儿就瞄到流当品展示柜。他定睛看了一会儿，马上走进店里问："老板，柜子里的那支钢笔可不可以拿出来看一下？"我说："当然可以！"从外表和谈吐推测，他应该是位读书人，我便招呼他到办公室里坐会儿。

　　他拿起钢笔反复细看，愈看，表情愈复杂。看到笔杆上的题字时，他突然神色大变，激动地流下泪来，哽咽着问："请问当这支笔的人，是不是杨某某老师？"一个大男人在我面前流泪，吓得我赶紧翻阅典当记录。果真，典当人的名字正如他所说。读书人一听，情绪更激动了，一时间涕泪俱下。

我一面劝他喝点茶稳定一下情绪，一面问他到底想起了什么伤心事。他擦了擦涕泗交流的脸，娓娓道来。

"我爸爸是个伐木工人，每天用劳力换取家里的开销。但在我读高三时，爸爸因为发生意外不幸去世，家里顿失经济支柱，妈妈只好出去打零工。眼看联考即将来临，而妈妈的收入有限，实在无法养家。为了维持家计，我只有放弃学业一途。

"当年，杨老师教了我们一年的国文课。他知道我的境况后，不愿看我就此失学，竟然执意帮我出学费，坚持要我把高中读完。我拼命念书，最后终于考上大学，后来也当了老师，总算没辜负杨老师对我的期望。

"虽然杨老师只教了我们一年，但是同学们对他印象很深。他的山东口音特别重，第一次上课时，全班没人听得懂他在讲什么。一段时间之后，同学们习惯了他的口音，才发现老师的学问底子十分深厚，能把枯燥的古文讲得生动有趣。

"高中毕业时，全班凑钱送了老师一支钢笔，就是我手上这一支。"

我听完他的故事不禁动容，没想到一支看起来毫不起眼的派克钢笔竟然包含了一段跨越 20 年的师生情谊。

读书人问我钢笔要卖多少钱，他想将它赎回。我听了连忙摇手说："这支钢笔对你意义重大，你要给我钱，我也不知道怎么收啊！我送给你得了。"接着，我又找出一年多前杨老师登记的地址，嘱咐他有空赶紧去探望老师，好好叙叙旧。

最后，这位读书人还真的找到杨老师，甚至召集了三十几位受过杨老师教诲的学生举办了同学会兼谢师宴，还特地邀请我去参加。当天的场景温馨感人，我至今难忘。

现在回想起来，这一切真是巧合得不可思议。我的流当品展示柜非常不显眼，不但又小又旧，也不常擦拭，而且里面摆的东西种类繁杂，不仔细看还真看不出个名堂。但这位读书人路过店门口，随意瞧了两眼，居然一眼就认出那支 20 年前送出的毫不起眼的派克钢笔，要知道，上头的题字可是在背面哪！

杨老师当年的春风化雨，让这位读书人有机会继续深造，也影响与改变了他的一生。而读书人也是性情中人，要不是他始终感念老师的扶助，恐怕也没有机会重叙他们 20 年前的师生情谊。

人生的际遇充满数不清的偶然，这些偶然往往都有其美好的一面，但并不是所有人都能感受到。唯有心怀善良、懂得感恩，才能让这样的偶然圆满，就像杨老师与学生 20 年后还能重逢的情谊和缘分一样。

（摘自长江文艺出版社 《29 张当票》 一书）

只要你们过得好

段奇清

1984 年 10 月的一天，晚上 9 点多钟，他像往常一样给已熟睡的 6 岁的儿子掖好被子，然后打开收音机，将声音调得很小，收听省电台的节目。他边听着，边凝视着儿子稚气的小脸，禁不住泪流满面……

原来，收音机里正播放着一则寻人启事，一位母亲嘶哑着嗓子哭泣着说：她 4 岁的儿子在 1982 年初的一天，与她赶集时不慎走失，孩子的父亲现在病危，他渴望在自己为数不多的日子里能最后看儿子一眼。

这则寻人启事犹如一记重锤敲打着他的心灵，因为他的孩子是买来的。

他是河南省南阳市卧龙区的一位菜农。1980 年 5 月 4 日，一位中年妇女来到他家，对他和他妻子说："听说你们一直想抱养一个孩子。有一个孤儿，已两岁，被人抚养了一年多，要是给人家 800 元钱，你们就有孩子养老了。"

因妻子有病，结婚多年没有身孕，夫妻俩是想抱养一个孩子，可 800 元在当时不是一个小数目，他们那样的家庭，省吃俭用，两年时间也攒不上。但夫妻俩后来看那个孩子长着两只似乎会说话的眼睛，实在太可爱了，就凑齐了钱给了来人。

中年妇女走后，孩子却一直咧着嘴哭着要妈妈，他们这才意识到那位妇女说谎了。果然，他们从孩子的衣服口袋中发现了两张从江门至广州的长途车票，他们断定：一定是人贩子在熙熙攘攘的车站趁父母不备，将孩子骗来的。

1983 年，他的妻子不幸去世，从此，父子俩相依为命……

他从收音机中听到了这则寻人启事后，不敢想象儿子的亲生父母在丢失了孩子后，是怎样一种悲痛欲绝的心情。他越想越不是滋味，打那以后，他整天寝食不安，短短几天，就瘦了 10 多斤。最后他痛苦地决定：把孩子送回去，让他们一家骨肉团聚。

1984 年 11 月 19 日，他带着家中所有的积蓄，抱着穿戴一新的儿子，坐火车直奔江门。江门管辖着几个县市，要找到孩子的亲生父母，谈何容易！于是，他下苦功夫，从江门最边远的恩平县的乡镇开始，一天转 3 个村，晚上则住最便宜的旅店。就这样，寻遍了恩平城乡的角角落落。后来他又到台山、开平、鹤山、江门，一路寻找到新会。

1985 年 6 月的一天，他蹬着三轮车来到新会县的睦州镇上，由于当时天气太热，他便在镇西街一棵大榕树下休息。这时，他看见一个 60 岁左右的老人，瞅着在三轮车上睡着了的孩子直淌眼泪。他觉得蹊跷，就掏出随身带的写着要寻孩子亲生父母的纸条给老人看。老人看后，一把抱住孩子放声大哭："明辉，你可回来了，爷爷这不是在做梦吧？"

原来老人看见孩子脸上有一颗痣，这颗痣与丢失的孙子的长在同一个地方。难道这孩子就是自己的孙子？老人不相信天底下有这么巧的事，所以也就不敢上前相认。

明辉姓叶，终于，孩子与亲人们团聚了！叶明辉与亲生父母倒陌生了，听说他要走，便死死拉着他的衣服不放。一个星期后，一天中午，趁着孩子熟睡之时他偷偷走了。

然而，他的身子虽然回到了南阳，心却遗失在了新会。他整天想着儿子，再也没有心思种菜了，常常一个人发愣发呆。蓦然间，就听有人在身后叫爸爸，可一回头，只有空空洞洞的房子，还有那呜呜咽咽的风……

儿子也每天在想他啊！

1997 年 8 月的一天，已经以优异成绩考上中央财经大学的叶明辉要去北京报名了。叶明辉坚决不让父母送自己去北京，只因为自己有一个心愿：去南阳看望养父，将自己这些年来的思念之情向父亲倾诉，也让父亲为自己考上大学高兴高兴。

在南阳下了火车，叶明辉按图索骥，终于找到了儿时欢笑过、流过泪的家。可是，不见父亲的身影，只有一把锈迹斑斑的大锁挂在黑木门上。叶明辉向乡邻们打听，乡邻们都说：你的父亲于 10 多年前离去后就再没回来过。叶明辉这才恍然大悟，为什么这么多年一直给父亲写信却没有回音！

养父去了哪里呢？在读大学的 4 年间，叶明辉也没停止过寻找打听。大学毕业后，叶明辉回到家乡江门，做起了经营家具的生意。在这期间，叶明辉也没少去过南阳，可依然不知道养父的下落。

时间到了 2010 年 3 月初，叶明辉花了 40 多万元，在江门鹤山市经纬花园买了一套 70 多平方米的房子，装饰一新后要送人。叶明辉要送的这个人就是养父。

原来，一个极其偶然的机会，叶明辉知道了养父的下落。父子相见，二人抱头痛哭了一场。从养父的口中，叶明辉得知他这些年的一些情况。1985 年底，经过半年多煎熬的养父再也承受不了对儿子的思念之苦，决定到江门收破烂，这一收就是 25 年。

在这 25 年里，他尽管没能与儿子说上一句话，可他觉得自己已经很满足了，因为他可以隔三岔五地远远地看着儿子背着书包去上学，从上小学、初中、高中，到大学毕业后归来，直到儿子的生意越做越红火……

"看到你们一直过得很好，我这辈子早就没有什么遗憾和牵挂了。"这是养父道出的心声。

"只要你们过得好"，这是一种善良，一种高尚。

（摘自《读者》2011 年第 13 期）

蚕 儿

陈忠实

从粗布棉袄里撕下一疙瘩棉花,摊开,把一块缀满蚕子儿的黑麻纸铺上,包裹起来,装到贴着胸膛的内衣口袋里,暖着。在老师吹响的哨声里,我慌忙奔进教室,坐在课桌旁,把书本打开。

老师驼着背走进来,侧过头把小小的教室扫视一周,教室里顿时鸦雀无声。

"其他年级写字,二年级上课。"

老师把一张乘法口诀表挂在黑板上,领我们读起来:"一六得六……"

我念着,偷偷摸一下胸口,那软软的棉团儿,已经被身体暖热了。我想把那棉团儿掏出来看看,但瞧瞧老师,那一双眼睛正盯着我,我立即挺直了身子。

一节课后,我跑出教室,躲在房檐下,展开棉团儿,啊呀,出壳了!在那块黑麻纸上,爬着两条蚂蚁一样的小蚕,一动也不动。我用一根鸡毛把小蚕儿粘起来，轻轻放到早已备好的小铁盒里。再一细看，有两条蚕儿刚刚咬开外壳，伸出黑黑的头来，那多半截身子还卡在壳儿里，吃力地蠕动着。

上课的哨声响了。

"二年级写字。"

老师给四年级讲课了。我揭开墨盒。那两条小蚕儿出壳了吧？出壳了，千万可别压死了。

我终于忍不住，掏出棉团儿来。那两条蚕儿果然出壳了。我取出鸡毛，揭开小铁盒。

哐，头顶挨了重重的一击，眼里直冒金星，我几乎从木凳上翻跌下去。老师背着双手，握着教鞭，站在我的身后。慌乱中，铁盒和棉团儿都掉在地上了。

老师的一只大脚伸过来，一下踩扁了那个小铁盒；又一脚，踩烂了包着蚕子儿的棉团儿。我立时闭上眼睛，那刚刚出壳的蚕儿啊……教室里静得像空寂的山谷。

过了几天，学校里来了一位新老师，一、二年级被分给他教了。

他很年轻，站在讲台上，笑着介绍自己："我姓蒋……"捏起粉笔，在黑板上写下他的名字，"我叫蒋玉生。"

多新鲜啊！四十来个学生的小学，之前只有一位老师，称呼中是不必挂上姓氏的。新老师自报姓名，无论如何算是一件新奇事。

那天，我爬上村后那棵老桑树摘桑叶，慌忙中松了手，摔到地上，脸上擦出血了。

"你干什么去了？脸上怎么弄破了？"蒋老师吃惊地问。我站在教室门口，低下头，不敢吭声。

他牵着我的胳膊走进他住的小房子，从桌斗里翻出一团棉花，又在一只小瓶里蘸上红墨水一样的东西，往我的脸上涂抹。我感到伤口很疼，心里却有一种异样的温暖。

"怎么弄破的?"他问。"上树……摘桑叶。"我怯生生地回答。

"摘桑叶做啥用?"他似乎很感兴趣。"喂蚕儿。"我也不怕了。

"噢!"他高兴了,"喂蚕儿的同学多吗?""小明、拴牛……"我举出几个人来,"多咧!"

他高兴了,笑眯眯的眼睛里,闪出活泼而好奇的光彩,"你们养蚕干什么?"

"给墨盒儿做垫子。"我话又多了,"把蚕儿放在一个空盒里,它就网出一片薄丝来了。"

"多有意思!"他高兴了,"把大家的蚕养在一起,搁到我这里,课后咱们去摘桑叶,给同学们每人网一张丝片儿,铺墨盒,你愿意吗?"

"好哇!"我高兴地从椅子上跳下来。

于是,他领着我们满山沟跑,摘桑叶。有时候,他在坡上滑倒了,青草的绿色液汁粘到裤子上,也不在乎。

三天之后,有两三条蚕儿爬到竹箩沿儿上来,浑身金黄透亮,扬着头,摇来摆去,斯斯文文地像吟诗。它要网茧儿咧!

老师把一个大纸盒拆开,我们帮着剪成小片,又用针线串缀成一个个小方格,把已经停食的蚕儿提到方格里。

我们把它吐出的丝儿压平,它再网,我们再压,强迫它在纸格里网出一张薄薄的丝片来。老师和我们,沉浸在喜悦的期待中。

"我的墨盒里,就要铺一张丝片儿了!"老师高兴得像个小孩,"是我教的头一班学生养蚕网下的丝片儿,多有意义!我日后不管到什么地方,一揭墨盒,就看见你们了。"

可没过多久,老师却被调走了。他说:"有人把我反映到上级那儿,说我把娃娃惯坏了!"

我于是想到村子里的许多议论来。乡村人看不惯这个新式先生——整天和娃娃耍闹,没一点儿先生的架势嘛!失了体统嘛!他们居然不能容忍孩子

196 ·

喜欢的一位老师！

　　三十多年后的一个春天，我在县教育系统奖励优秀教师的大会上，意外地碰到了蒋老师。他的胸前挂着"三十年教龄"的纪念章，金光给他布满皱纹的脸上增添了光彩。

　　我从日记本里给他取出一张丝片来。

　　"你真的给我保存了三十年？"他吃惊了。

　　哪能呢？我告诉他，我中学毕业以后，回到乡间，也在那所小学里教书。当老师的第一个春天，我就和我的学生一起养蚕儿，网一张丝片，铺到墨盒里。无论走到天涯海角，我都带着踏上社会的第一个春天的"情丝"。

　　蒋老师把丝片接到手里，看着那一根一缕有条不紊的金黄的丝片，两滴眼泪滴在了上面……

（摘自广州出版社《陈忠实文集》一书）

最长的三里路

倪　萍

　　一生中走过很多路，最远都走到了美国的纽约，可记忆中走不够的却是从崖头长途汽车站到水门口姥姥家门口那条三里长的小路。

　　从一岁到三十岁，这条路来回走了一百多趟，走也走不完，走也走不够。

　　第一次单独走，也就六岁吧。

　　六岁的我，身上背了大大小小一堆包，胳膊挎的、胸前挂的、背上背的、手里拎的全都是包，三百六十度全方位被包包围着，远看就像个移动的货架。

　　包里装的没有一件是废物，对于居家过日子的姥姥来说全是宝。肥皂、火柴、手巾、茶杯、毛线、被单、核桃酥、牛奶糖、槽子糕……最沉也最值钱的是罐头，桃子的、苹果的、山楂的……口袋里被母亲缝得死死的是钱，这一路我不知得摸多少回，生怕丢了。

　　每次到了家门口，姥姥都会说："小货郎回来了。"姥姥说这话的时候，眼睛转向别处，听声音就知道她哭了。先前姥姥说滴雨星，后来我说下雨了。

六岁到九岁这三年，我不知道为什么看见这么多好东西姥姥会哭，九岁之后就懂了。

三里路，背了那么多包，按说我是走不动的，可我竟然走得那么幸福、那么轻盈，现在回想起来还想再走一回。只是那样的日子不会再有了，有的是对姥姥不变的情感。后来的很多年里，包是越来越少、越来越小了，再后来就干脆背着钱，那大包小裹的意思没有了，七八个包往炕上一倒，乱七八糟的东西堆一炕的那份喜悦没有了……

那时候，到了崖头镇，挤下长途汽车那窄小的车门，得好几个人帮我托着包。有几次我都双腿跪在了地上，瞬间又爬起来，双手永远护着那满身的包，起来还没忘了说谢谢。

也常听见周围的人说："这是外出的女人回来了！"他们没看清楚被大包小包裹着的那个高个子女人，其实还是个孩子。

背着包的我走在崖头镇的大道上，简直就是在飞。但快出镇口的时候，我的步子一定是放慢的，为了见见彪春子。

这是一个不知道多大岁数的女人，常年着一身漆黑油亮的棉袄棉裤流浪在街头。用今天的话说，彪春子就是一个"犀利姐"，全崖头镇没有不认识她的。老人们吓唬哭闹的孩子常说："让彪春子把你带走！"小孩儿们立马就不哭了。但同是小孩子的我不仅不怕她，在青岛上学的日子还常常想念她、惦记她。

八岁那年，又是独自回乡，我在镇北头遇见了她。彪春子老远就跟我打招呼，走近才知道她是向我讨吃的。七个包里有四个包装的都是吃的，可我舍不得拿给她。彪春子在吃上面一点儿也不傻，她准确无误地指着装罐头的那包说："你不给我就打你！"

我哭了，她笑了；我笑了，她怒了。

没办法，我拿出一个桃罐头给她。聪明的彪春子往地上一摔，桃子撒满地，她连泥带桃地吃一嘴，你这时候才相信她真是个傻子，连玻璃碴儿吃到嘴里都不肯吐出来。很多年后我都后悔，怎么那么小气，包里不是有大众饼干吗？

见了三里路上第一个想见的人彪春子之后，我就快步走了，直到想看看"两岸猿声啼不住"的丁子山时，我又慢下来了，舍不得"轻舟已过万重山"。

不高的山崖层层叠叠绿绿幽幽，几乎没有缝隙地挤在一起，山下是湍急的河水，一动一静，分外壮丽。再往前走到拐弯处是一个三岔口，从东流过的是上丁家的水，从北流过的就是水门口的水了。从没见过黄河的我以为这就是天下最人的河了。走到这儿我更是舍不得走了，常常一站就是几分钟，看那些挽起裤腿提溜着鞋袜过河的男女老少，有的站不稳会一屁股坐进水里。这番景象是我心中说不出的乡情。

再往前，我的心和脚就分开了，心在前，脚在后，就像在梦里奔跑，双腿始终够不着地。

三岔口往前走两分钟是水门口最大的一片甜瓜地，清香的瓜味牵引着我飞快地过去。

"小外甥，回来啦？先吃个瓜吧，换换水土！"

看瓜的叔伯舅舅几乎每年都招呼我在这儿歇会儿，有一年他根本不在，我却也分明听见喊声。依旧是那个老地方，依旧没卸掉身上的七八个包，依旧是不洗不切地吃俩瓜，然后站起来往前走。你说是那会儿富裕还是今天富裕？从来没付过瓜钱，也从来不知道那大片的瓜地怎么没有护栏。

水门口的河道不宽，两岸远看像是并在一起的。夏天河床上晾满了妇女们刚洗完的衣服，大姑娘小媳妇举着棒槌，捶打着被面，五颜六色，真是怪好看的。走不上一百米我就能看出这里有没有我认识的，通常我不认识的都是这一年刚过门的新媳妇，剩下的基本都能叫出名字。我一路叫着舅妈、喊着舅姥地快速走过她们，因为这条路离姥姥家也就一百多米了。

这一百多米的路实际上是水门口村果园的长度，这里的苹果树树枝和果子基本都在园子外。谁说"一枝红杏出墙来"，分明就是"棵棵果树关不住"。

最后的十米路是姥姥家的院子。先是路过两棵苹果树，每次也都是从这儿开始喊姥姥，等走过了长满茄子、辣椒、黄瓜、芸豆、韭菜、小白菜、大叶莴笋的菜地时，我已经喊不出姥姥了，眼眶里堵满的是咸咸的泪水。

三米的菜地恨不能走上三分钟，绊倒了茄子，撸掉了黄瓜……红的柿子、绿的辣椒，姥姥全都没舍得摘，就等着我这个在外的城里人回来吃。欢呼啊，豆角们！欢笑啊，茄子们！满眼的果实，满脸的笑容。

头发梳着小纂儿的姥姥出来了，我的三里之路走到尽头了。

我到家了。

(摘自人民教育出版社《倪萍画日子》一书)

天上的星星

贾平凹

大人们快活了，对我们就亲近；他们烦恼了，却要随意骂我们讨厌，似乎一切烦恼都要我们负担，这便是我们做孩子的千思万想，也不曾明白的。天擦黑，我们才在家捉起迷藏，他们又来烦了，大声呵斥。我们只好蹑蹑地出来，在门前树下的竹席上，躺下去，纳凉是了。

闲得实在无聊极了。四周的房呀、墙呀、树的，本来就不新奇，现在又模糊了，看上去黝黝的似鬼影。我们伤心了，垂下脑袋，不知道这夜该如何过去，痴呆呆地守着瞌睡虫爬上眼皮。

"星星！"妹妹突然叫了一声。

我们都抬起头来，原本是无聊得没事可做，随便看看罢了。但是，就在我们头顶，出现了一颗星星，小小的，却极亮极亮。我们就好奇起来，数着那是四个光角儿呢，还是五个光角儿，但就在这个时候，那星的周围又出现了几个星星，就是那么一瞬间，几乎不容觉察，就明亮亮地出现了。啊，两颗，三颗……不对，十颗，十五颗……奇迹是这般迅速地出现，愈数愈多，再数亦不可数，一时间，漫天星空，一片闪亮。

夜空再也不是荒凉的了，星星们都在那里热闹，有装熊的，有学狗的，有操勺的，有挑担的，也有的高兴极了，提了灯笼一阵风似的跑……

我们都快活起来了，一起站在树下，扬着小手。星星们似乎很得意了，向我们挤弄着眉眼，鬼鬼地笑。

过了一会儿，月亮从村东口的那个榆树丫子里升上来了。它总是从那儿出来，冷不丁地，常要惊飞了树上的鸟儿。先是玫瑰色的红，像是喝醉了酒，刚刚睡了起来，蹒跚地走。接着，就黄了脸，才要看那黄中的青紫颜色，它就又白了，极白极白的，夜空里就笼上了一层淡淡的乳白色。我们都不知道这月亮是怎么了，却发现星星少了许多，留下的也淡了许多，原是灿灿的亮，变成了弱弱的光。这使我们大吃了一惊。

"这是怎么了？"妹妹慌慌地说。

"月亮出来了。"我说。

"月亮出来了为什么星星就少了呢？"

我们面面相觑，闷闷不得其解。坐了一会儿，似乎就明白了：这漠漠的夜空，恐怕是属于月亮的，它之所以由红变黄，由黄变白，一定是生气，嫌星星们不安分，在吓唬它们哩。

"哦，月亮是天上的大人。"妹妹说。

我们都没有了话说。我们深深懂得大人的威严，又深深可怜起星星了：月亮不在的时候，它们是多么有精光灵气；月亮出现了，它们就变得这般猥琐了。

我们再也不忍心看那些星星了，低了头走到门前的小溪边，要去洗洗手脸。

溪水浅浅地流着，我们探手下去，才要掬起一抔来，但是，我们差不多全看见了，就在那水底里，有着无数的星星。

"啊，它们藏在这儿了。"妹妹大声地说。

我们赶忙下溪去捞，但无论如何也捞不上来，看那哗哗的水流，也依然冲不走它们。我们明白了，那一定是星星不能在天上，就偷偷躲藏在这里了。我们就再不声张，不让大人们知道，让它们静静地躲在这里好了。

于是，我们都走回屋里，上床睡了。却总是睡不稳——那躲藏在水底的星星会被天上的月亮发现吗？可惜藏在水底的星星太少了，更多的还在天上闪着光亮。它们虽然很小，但天上如果没有它们，那会是多么寂寞啊！

大人们又骂我们不安生睡觉了，骂过一通，就打起了鼾。我们赶忙爬起来，悄悄溜到门外，将脸盆儿、碗盘儿、碟缸儿都拿了出去，盛了水，让更多更多的星星都藏在里边吧。

（摘自人民文学出版社《贾平凹散文精选》一书）

弄堂里的春光
陈丹燕

　　要是一个人到了上海而没有去上海的弄堂走一走，应该会觉得很遗憾。下午，趁上班、上学的人都还没有回来，随意从上海的商业大街上走进小马路，马上就可以看到梧桐树下有一个个宽敞的入口，弄堂写着什么里，有的在骑楼下面写着 1902，里面是一排排两三层楼的房子，毗邻的小阳台里暖暖的全是阳光。深处人家的玻璃窗反射着马路上过往的车子，这就是上海的弄堂了。

　　整个上海，有超过一半的住地是弄堂。大多数上海人，是住在各种各样的弄堂里。

　　常常在弄堂的出口，开着一家小烟纸店，在小得让人难以置信的店面里，陈放着各种日用品——小孩子吃的零食、老太太用的针线、寄信用的邮票，各种居家日子里容易突然告缺的东西应有尽有。人们穿着家常的衣服鞋子，就可以跑出来买。常常有穿着花睡衣来买一包零食的女人，脚趾紧紧夹着踩塌了跟的红拖鞋，这在弄堂里，人们是见怪不怪的。小店店主，常常很警惕，也很热心。他开着一个收音机，整天听主持人说话，也希望来个什么人，听他说说。他日日望着小街上来往的人、弄堂里进出的人，只要有一点点想象力，就算得上阅人多矣。

走进上海人的弄堂，才算得上是开始看上海的生活，商业大街、灯红酒绿、人人体面背后的生活。上海人爱面子，走进商店、饭店、酒吧、公园，个个看上去丰衣足食，可弄堂里就不一样了。

平静舒缓的音乐开着；后门的公共厨房里飘来炖鸡的香气；有阳光的地方，底楼人家拉出了麻绳，把一家人的被褥统统拿出来晒着，新洗的衣服散发着香气，花花绿绿的在风里飘，如果你仔细地看，就能认出来这是今年流行的式样；头发如瀑的美女，穿了一件缩了水的旧毛衣，正在后门的水斗上洗头发，太阳下面，那湿湿的头发冒出热气来；还有修鞋师傅，坐在弄口，乒乒地敲着一个高跟鞋的细跟，补上一块新胶皮。旁边的小凳子上坐着一个穿得挺周正的女人，光着一只脚等着，他们一起骂如今鞋子的质量和那卖伪劣鞋子的奸商。还有弄堂里的老人，在有太阳的地方坐着说话。老太太总是比较沉默，老先生喜欢有人和他搭话，听他说说从前这里发生的事情。

弄堂里总是有一种日常生活的安详实用，被上海人重视以及喜爱着。这就是上海人的生活底色。自从19世纪在外滩附近有了第一条叫"兴仁里"的上海弄堂，那种不卑不亢，不过分地崇尚新派的生活就出现了。

19世纪50年代，由于上海小刀会在老城厢起义，上海人开始往租界逃，在租界的外国人为了挣中国难民的钱，按照伦敦工业区工人住宅的样子，一栋栋、一排排地造了800栋房子，那就是租界弄堂的发端。到1872年，玛意巴建起上海兴仁里，从此，上海人开始了弄堂里的生活。

上海是一座大都市，大到像饭店里大厨用的毛巾一样，五味俱全。这座城市从前被外国人划了许多块，一块做法国租界，一块做英国租界，留下一块做上海老城厢，远处靠近工厂区，又延伸出大大小小的工人棚户区。那是从前城市的划分，可在上海人的心里，这样划分，好像也划分出了阶级，住在不同地方的人，彼此怀着不那么友好的态度，彼此不喜欢认同乡，因此也不怎么来往。这样，上海这地方，有时让人感到好像里面包含着许多小国家，就如同欧洲，人看上去都是一样的，仔细看，就看出了德国人的板、法国人的媚、波兰人的苦，住在上海不同区域的人，也有着不同的面相。所以，从小到大在上海住了几十年的人，都不敢说自己是了解上海的，只能说了解上海的某一处。

从早先的难民木屋，到石库门里弄，再到后来的新式里弄房子，像血管一样分布在全上海的9000多处弄堂，洋溢着较为相同的气息。

那是上海的市民阶层代代生存的地方。他们是社会中的大多数人，有温饱的生活，却没有大富大贵；有体面，却没有飞黄腾达；经济实用，小心做人，不过分娱乐，不过分奢侈，勤勉而满意地支持着自己的日子；有进取心，希望自己一年比一年好，可也识时务，懂得远离空中楼阁。他们在经济的空间里过着自己的日子，也一眼一眼地瞟着可能有的机会，期望更上一层楼。他们不是那种纯真的人，当然也不太坏。

上海的弄堂总是不会有绝望的情绪的。小小的阳台上晒着家制干菜、刚买来的黄豆，背阴的北面亭子间窗下，挂着自家用上好的鲜肉腌的咸肉，放了花椒，上面还盖了一张油纸，防止下雨，油纸在风里哗哗地响。窗沿上有人用破脸盆种了不怕冷的宝石花。就是在最动乱的年代，弄堂里的生活还是有序地进行着。这里像世故的老人，遵循着市井的道德观，不激进，也不把自己的意见强加于人，只是中规中矩地过自己的日子。

晚上，家家的后门开着，烧饭，香气扑鼻。人们回到自己的家里，乡下姑娘样子的钟点工匆匆进出后门，那是一天最忙的时候。外地来上海的女孩子，大都很快地胖起来，因为有更多美食可吃，和上海当地女孩子比起来，好像肿了似的。她们默默地飞快地在后门的公共厨房里干着活，现在的保姆不像从前在这里出入的保姆那样喜欢说话，喜欢搬弄是非了。可她们也不那么会伺候上海人，所以，厨房里精细的事还是主人自己做：切白切肉，调吃大闸蟹用的姜醋蘸料，温绍兴黄酒，然后，女主人用一张大托盘子，送到自家房间里。

去过上海的弄堂，再到上海的别处去，会看懂更多的东西。因为上海的弄堂是整个上海最真实和开放的空间，人们在这里实实在在地生活着。

（摘自北方文艺出版社《上海：灯红酒绿下的沪上风情》一书）

蚕 豆

毕飞宇

我和蚕豆的故事，是我终生都不能忘怀的。

我出生的那个村子叫杨家庄，到我出生的 1964 年，父亲的情况有了很大的好转，他可以在我母亲所在的小学做"代课教师"了。问题也来了，夫妇两个都要上课，午饭就成了一个大问题。父母亲决定请个人过来帮着烧饭，附带着带孩子。

"奶奶"就这样成了我的奶奶。我和奶奶在一起的时间比和父母在一起的时间还要多。

1969 年，我五岁。父母的工作调动，去了一个叫陆王的村子。奶奶没有和我们一起走。直到这个时候我才明白过来，"奶奶"不是我的亲奶奶。

一转眼就是 1975 年了。这一年我 11 岁。我的父母要被调到很远的地方，一个叫中堡的镇子。在今天，沿着高速公路，从中堡镇到杨家庄也就是几十分钟的车程，可我们兴化是水网地区，即使坐机板船，七拐八弯也需要一天的时间。我们一家人都知道，我们要去一个"很远很远"的地方了。临行前，我去了一趟奶奶家。奶奶说，她已经"晓得咯"。奶奶格外高兴，她的孙子来了，都"这么高了"，都"懂事"了。那时候奶奶守寡不久，爷爷的遗像已经被挂在墙上，奶奶还高高兴兴地对着遗像说了一大通的话。可无论奶奶怎样高兴，我始终能感觉到她身上的重。她的笑容很重，很吃力。我说不上来，只感觉很压抑。奶奶终于和我谈起了爷爷，她很内疚。她对死亡似乎并不在意，"哪个不死呢"，但奶奶不能原谅自己，她没让爷爷在最后的日子"吃好"。奶奶说："家里头没有唉。"

我第一次知道死亡对生者的折磨就是在那一天。人永远也不会死的，他会在亲人无边的伤痛中顽强地活着。奶奶对爷爷的牵挂还是吃。因为是告别，奶奶特地让我做了一次仪式。她让我到锅里头铲了一些锅巴，放在了爷爷的遗像前。这是让我尽孝了，我得给爷爷"上饭"。奶奶望着锅巴，笑了，说："死鬼嚼不动咯。"

我的小妹，也就是奶奶的孙女那时候已经出生了，在我和奶奶说话的时候，小妹一直在她的摇篮里睡觉。小妹后来说，她知道这件事，是奶奶告诉她的。

就在傍晚，奶奶决定让我早点回家了。她在犹豫，想着让我带点什么东西走。现在回想起来，奶奶当时真是太难了，穷啊。她家里真的是"家徒四壁"。她最初的主意一定是鸡蛋，她已经把鸡蛋从坛子里头取出来了。大概是考虑到不好拿，怕路上打碎了，她又把鸡蛋放下了。奶奶后来拿过来一支丫杈，从屋梁上取下一只竹篮，里头是蚕豆。奶奶让我去帮她烧火，我就去烧火。我一边添柴火，一边拉风箱，知道了奶奶最后的决定是炒蚕豆让我带走。多年之后，我聪敏一些了，才知道，那些蚕豆是奶奶一颗一颗挑出来，预备着第二年做种用的——只有做种的蚕豆才会被吊到屋梁上去。蚕豆炒好了，她把滚烫的蚕豆盛在簸箕里，簸了好长时间，其实是在给蚕豆降温。然后，奶奶让我把褂子脱下来，拿出针线，把两只袖口给缝上了，两只袖管即刻就成了两只大口袋。奶奶把装满蚕豆的褂子绕在我的脖子上,两只口袋就像两根柱子,立在了我的胸前。奶奶的手在我的头发窝里摸了老半天,说:"你走吧,乖乖。"

在我的一生当中,这是我第一次拥有这么多的炒蚕豆,都是我的,你可以想象我这一路走得有多欢。蚕豆还是有点烫。我一路走,一路吃,好在我所走的路都是圩子,圩子的一侧就是河流,这就保证了我还可以一路解渴。杨家庄在我的身后远去了,奶奶在我的身后远去了。在后来的岁月里,我不停地回想起这个画面。不幸的是,等我到了一定的年纪,我想起来一次就难受一次。为什么我那一年只有 11 岁呢? 西谚说,上帝会原谅年轻人,这句话没错,但唯一不能原谅年轻人的那个人,一定是长大了的自己。

1986 年,我在扬州读大学。有一天,我接到了父亲的来信,说我的姑姑,也就是奶奶唯一的女儿,死了,她服了农药。我从扬州回到了杨家庄,这时候我已经是一个 22 岁的大小伙子了。说实话,我已经 11 年没有来看望奶奶了,我其实已经把她老人家忘了。我在许多夜里想起她,但天一亮我又忘了。这一点我想起来一次就羞愧一次。11 年之后,当我再一次站在奶奶面前的时候,她老人家一眼就把我认出来了。我完全没有想到奶奶的个子那么小。她小小的,却坚持要摸我的头,我只有弯下腰来她才能如愿。奶奶看上去没有我想象中的那样悲伤,这让我轻松多了。她只是抱怨了一句:"死丫头她不肯活咯。"

可事实上,奶奶没有多久就去世了。她一定是承受不住了,她的伤痛是可想而知的。但奶奶就是这样,从来不会轻易流露她的伤心与悲痛,尤其在亲人面前。我是从另一个可亲的老人那里理解了奶奶的。她时刻愿意承担亲人的痛,但她永远也不会让自己的亲人分担她的痛。

1989 年,我的小妹来南京读书,我去看望她。小妹说:"哥,你的头发很软。"我说:"你怎么知道的?"小妹说:"奶奶告诉我的。奶奶时常唠叨你,到死都是这样。"

　　小妹的这句话让我很受不了。我知道的，我想念奶奶的时候比奶奶想我要少很多。这就是我和奶奶的关系。

　　但是，无论是多是少，我每一次想起奶奶总是从那些蚕豆开始，要不就是以那些蚕豆结束——蚕豆就这样成了我最亲的食物。

　　我的"亲奶奶"是谁？我不知道，我不可能知道，连我父亲都不一定知道。这对我已经不重要了，我多么希望我和我的奶奶之间有血缘上的联系，我希望我的父亲是她亲生的。

（摘自《读者》2016 年第 20 期）

人间好时节

张曼娟

　　小时候，没有电视和电玩，连电影也难得有机会看，我的游戏，就是背唐诗。

　　母亲不知道从哪里找到一本破旧的《唐诗三百首》，教四岁半的我和一岁半的弟弟背诵。"春眠不觉晓，处处闻啼鸟。夜来风雨声，花落知多少？"是我背的第一首诗。我还不识字，母亲念一句，就跟着念一句，像堆积木似的，把一首诗完整地堆砌在小脑瓜里。

　　就是这二十个似懂非懂的字，为我敲开了一扇鸟语花香的诗意之门。

　　我的母亲是护士，那两三年是她很难得的一段家庭主妇生涯。我还清楚地记得，背诗的时候，母亲在厨房里揉面，捏出一个个精巧的包子，有豆沙馅的小兔包、芝麻馅的小鱼包，还有小鸟啦、花朵啦，各式各样的，放进蒸笼里去。就在我们背完一首五绝或七绝的时候，香喷喷的包子蒸好了。能够准确背出诗来，就能获得一个兔包或鱼包的奖赏。热腾腾的包子捧在手里，却还瞅着别样的，恨不能多背几首诗。

吃过晚饭，父母亲便牵着我和弟弟的手，出门散步。我们把白天背熟的诗背给父亲听：欲穷千里目，砰——我把一粒石子踢得远远的；更上一层楼，追上去踢得更远，痛快地——砰！

常常遇见不相识的路人，因为两个用着嘹亮童音、如同歌吟的孩子背诗的声音而驻足。看见他们听完之后眼中的惊奇和赞赏，我和弟弟仿佛穿上了最华美的衣裳。

母亲再度工作之后，再没有人领着我们读诗，而我依然爱诗。学校里的老师要求学生背诗，同学们怨声四起，苦不堪言。他们所以为的苦差，对我而言，却是那样快乐的事。

少女时期，我曾在当时还没被拆除的国际学舍举办的书展中，买下了第一本词选——《三李词选》，书中选的是李白、李后主和李清照的词。我要求自己每天一定要背一阕词。这三位的词，都是感伤的情调，这使我变得多愁善感，沉溺于眼泪与自怜。

有个同学每天都很开心，如同阳光下的银杏树，哗啦哗啦，一阵风过就发出细碎的笑声。她注意到了我的落落寡合，于是，有一次我过生日，她在卡片上抄了一首诗给我：春有百花秋有月，夏有凉风冬有雪。若无闲事挂心头，便是人间好时节。

这里面的忧愁呢？追悔呢？感伤呢？为什么既不怀念远去的朋友，也不追忆逝去的情事？为什么没有年华老去的无奈？为什么没有时不我予的慨叹？这首诗读完，我竟然对生活有了好多喜悦的情绪，让我忍不住想要出门，去感觉一年四季的风花雪月，感觉活着的幸福。

从那时候我就开始意识到，诗词的世界何其广阔，绝不只是提供了多愁善感而已。

我从没有什么座右铭，遇见困扰或烦恼的时候，也不求神问卜，我习惯翻阅诗。那些诗人从不吝惜，总是以他们的生命故事，给我们人生启示。

一年四季，你喜欢哪个季节？

王国维是春天的拥护者："四时可爱唯春日，一事能狂便少年。"

春天的植物从冰雪中挣扎着冒出头来，等待温暖的雨水，迅速地发芽成长，不过几个昼夜，便蔓延出整片绿意。只要我们仍有热情投入的目标，焕发青春的狂情，便也能冲破人生霜雪，回到年少时代，无所畏惧。

从古到今，人们运用各种方法，企图留住青春，希望永远保持春日的生机盎然。然而，最好的"回春术"其实不假外求，只要我们心中的火种不熄，便能滋生出一片绿原。

司马光在初夏的客邸中，见到了金黄色的花："更无柳絮因风起，唯有葵花向日倾。"他被向日葵的坚持所感动，将这花视为夏日的力量。柳絮与葵花的不同就在这里：柳絮随风飘扬，并没有固定的方向；向日葵却是不管太阳在哪里，它的脸孔都会转向太阳，如此执着。

人生走到夏季，约莫都能找到自我，发现值得奋斗的目标了。有了明确方向的人，就像艳阳下的向日葵，可以尽情绽放。人们看见向日葵，也多能获得一种振奋和鼓舞。

陶渊明的"采菊东篱下，悠然见南山"，又是一种怎样的心情呢？这不仅是心情，也是一种境界。秋天是收获的时刻，也是赏菊的季节，一方面收获自己的耕耘，一方面还能欣赏别人更高的成就，不张狂、不嫉妒，正是学习的好时机。

"晚来天欲雪，能饮一杯无？"这是白居易邀请朋友前来饮酒的诗。下雪之前的天气，严寒砭骨，最为难熬。然而，诗人却在红泥小火炉上暖着美酒，邀请朋友前来共饮，有着无限的温暖与浪漫。哪怕是走到了生命的冬季，还是不能放弃享乐与朋友，不能割舍所有生之欢愉。

这些诗词带给我们的，不只是多愁善感的情意，更多时候还有心灵与智慧的启发。我们必须有一首或几首诗，放进人生的行囊里，抗御这诡谲多变的人间。

　　我常想到童年时，背着诗，踢着石子，在黑夜里畅快地奔跑。

　　让我们一边念诗，一边把挫折和烦恼踢开，还给自己一个鸟语花香的好时节。

（摘自花城出版社《人间好时节》一书）

温暖的村庄

安　庆

　　村庄真是一个固执的地方，多少代就在那里矗立着。而且村庄自信，从村庄走出的人，无论走多远，有了多大的变化都还会回来看她。而远走的人，无论去了哪里，梦里都还是村庄里的人村庄里的事。

　　你端起一个异地的碗，你会想起放在家中碗柜里的碗。什么碗柜呀，就是一个搁碗的木架子，也可能炉台上有一个放碗的空间，垒炉子时就留下的放碗的地方。筷笼子就挂在墙壁上，风吹来，筷子们像占卦人抖动的卦签，那种响动忽然就搅动了你的胃口。有时候你想城里的墙上为什么不也挂这样的筷笼子，让风也吹一吹，听听筷子的响声。这样的时候你站到了厨房的窗前，开始望着家乡的方向。你把耳朵尽力地往窗外挪，你就会想起家乡的糊涂面条，想起放在糊涂面条锅里的红薯，想起黏在红薯上的黄豆。

　　春节在家时，有一天儿子对你说，爷爷的手工面真好吃。儿子去老人的锅里给你盛了一碗。你怔怔地捧着，自己就是吃父亲的手工面长大的啊，现在自己的孩子也喜欢上父亲的手工面了，想起自己在城里馋时去吃街上的手工面，父亲的手工面才是最最好吃的啊。你的泪掉在了碗里。

走在流浪途中的人最频繁想起的一个词，就是"村庄"。那个在某棵树下埋着自己胞衣的地方是永远忘不了的。那里才是你最终的灵魂，才是你灵魂的栖息之地。是又一次远行，背起行囊就要回家的时候你忽然地想起村庄，忽然想起"温暖的村庄"这几个字，你对村庄的温暖有了一种疼痛的体味。当脚步踏在村口的时候你的心悸动起来，那是一种远行，带着一种漂泊，一种苦寻的远行。你在村口闭上了眼睛，真的，一刹那，你竟然不敢大睁着眼睛去看自己的村庄。但你还是睁开了，你实在想看看想念中的村庄，永远系着你灵魂的村庄。树叶在你离开时才刚刚成片，才刚绽出一年的旺盛，现在竟然已开始落了。时光真是无情，时光真像一把锋利的钳子，再坚硬的钢丝也能铰断。妻子和两个孩子站在胡同口，你看见他们了，他们手拉手看你慢慢地走近。妻子牵着他们的手不让他们跑，你倏然看见孩子们长高了。时光也真是有意思，女儿的辫子撵上妈妈的长了，儿子在用一双狐疑、期盼又调皮的眼神看着你。走进院子，你看见了父亲，父亲是越来越老了，父亲的睫毛上都结上了皱纹。父亲站着，不说话，这个一生不爱说话的老人后来说，你不是爱吃梅豆嘛，霜降后的梅豆结得稠。你这才看见满院子的青绿，梅豆枝上的白花，在白花的中间拱出豆荚，还有和梅豆争着地盘的丝瓜。

村庄是很大的，要真正走遍村庄也是不容易的，村庄好像是让你永远都不会走遍的，你长到八十岁，回头一望，你真的会有没有走过的地方，没有去过的人家。其实这就是村庄的阔大，村庄给你的念想。村庄是太大了，多少年多少代她生长了多少树多少庄稼，衍生了多少人，养过多少鸟多少牲畜，建起了多少房子，多少人走成了多少路，你怎么会把村庄走遍呢？其实，村庄是很小的，抬一抬腿就到头了，村庄就是巴掌大的一个地方。只是那巴掌一握就会把好多游子，把好多时光，把好多的梦，把多少年庄稼的长势握在手里。

你现在又离开村庄了，你又天天走在城市的大街上。有一天你又站在阳台上，你遥望着村庄，你忽然又想起"温暖的村庄"了，你想起了一棵孤独的坟树，坟树下的母亲，坟树上留恋着悠然盘旋的鸽子，坟树，其实是你最大最痛的怀念。你想起一生都守在村庄的父亲，你想应该让父亲来这个城市走一走。站在窗口忽然想，让父亲来看看城市的成长，城市的模样，让父亲也站在楼上望一望他住了一生的村庄吧。

你的心已经跑回村庄。

村庄永远固定地在那个地方等你。

（摘自《散文百家》2007 年第 7 期）

家是生命中一盏橘黄的灯

王明亚

生命，是一个从荒芜到芳草萋萋的过程。在这个过程里，我们最不能忽略也无法忽略的，是家。

第一次，用一个婴儿的姿态蹒跚着走出家门，扑闪着一双好奇的大眼睛，愣愣地不知往哪里去。然后学着辨别家的方向——或许是一爿半启的门扉；或许是廊前摇摆的衣架；或许是熟悉的猫的声音；或许是苦楝树下狗的饭盆；或许是一张永远等候在门口的笑脸……一点一滴，开始了一个人一生里对家的最深长的认识和依恋。

记得，上学后每天背着书包走在长长短短的田埂上的情景。有时是一个人，有时会有一个伙伴；有时风雨交加，有时斜阳万丈。不管是每一天的清晨，还是每一天的黄昏，总是那相似的没有改变的路。很多次，想停步，因为疲惫，因为厌倦。

然后，一声近处的狗吠声，和着一句坚硬的吆喝；或者是农舍上空袅袅腾腾的烟雾；或是与你擦身而过的某个同样匆匆的背影；或是某一家忽然亮起的橘黄的灯光，只一刹那，就勾起了内心深处软软的、切切的、对家的渴念。

于是急急地加快脚步。

因为知道，远处，那个属于我的家里，肯定也有这样一圈微黄的光晕正为我铺展；因为知道，在那光晕下，有一桌为我等候的饭菜。几双翘首期盼的焦灼的眼睛，那只永远摇着尾巴守在门口的大灰狗，那一份静谧的等待，在这昏黄的途中，延伸为最动人的诱惑。而那路上如水的月光，月光下裸露的荒坟，坟头上猫头鹰恐怖的窃笑声，都有了我熟悉的温暖与明亮。

学会漂泊的日子里，路依然遥无边际。滚滚红尘中，马不停蹄地往前赶。偶尔停下来，在陌生的街头，在夕阳将落未落的黄昏。尽管周围有人群，有房屋，有灯光，有让人追寻、让人迷恋的热闹，可是，只一瞬间就意识到，自己是多么彷徨、孤独，这所有的辉煌跟自己没有一点关系。忽然却步不前，只因记忆中那一面旧泥墙，爬在墙上的紫藤萝，几株香气四溢的栀子花树，花上碎碎点点的阳光，灶膛里星星点点的火焰，那每一缕袅然升起的炊烟，因炊烟的飞舞而呈现的风的姿态，狗的嘶哑的吠声，门前树下那条空凳子的孤单守候，父母亲满满的爱的牵挂……

于是，一刻也不能停缓地上路了。所有生命中匆匆放下了一段时间的所有，在推门的一刹那，都细细密密地回来了。

于是，怃然警觉：这一生一世里，不论路在何方，又将去向哪里，家是一个人永远也走不出的牵挂。黎明时出门的那一回头，黄昏时进门的那一颔首，在厚厚沉沉的生命里，攀成永远的常青藤。

尽管，我会由被人牵挂而变为牵挂别人，但这份对家的依恋依旧。我还是那个处在长途中的人，还是那个奔波忙碌、时常不知所措的人，还是那个茫茫然疲惫不堪的人。而家，永远在我的记忆里，在我的意识里，在醒来梦去的眸子里，清晰如昨。它们总是站在一个固定的方向、一个固定的地方，以它的一片馨香、明媚，温情地指引一颗心归来，洗尽那尘世中的种种铅华，让那颗心忘记漂泊路上的苦涩，从而撑起一片希望，只为，明日又可以轻轻松松地上路。

　　"家是一个人点亮灯在等你。"记不得这样温馨的文字出自哪本书了。可是确实啊，家从一个人生下来起就是他生命中一束橘黄的灯光。因为有家，因为有深沉的牵挂，生命才不会因无根而枯萎；也正是因为有家，因为有如此深沉的牵挂，生命才会熠熠生辉。

（摘自《散文百家》2008 年第 6 期）

前　方

曹文轩

　　一辆破旧的汽车临时停在路旁，不知它来自何方，它积了一身厚厚的尘埃。一车人，神情憔悴而漠然地望着前方。他们去哪儿？归家还是远行？然而不管是归家还是远行，都基于同一事实：他们正在路上。归家，说明他们在此之前，曾有离家之举；而远行，则是离家而去。

　　人有克制不住的离家的欲望。

　　当人类还未有家的意识与家的形式之前，祖先们几乎是在无休止的迁徙中生活的。今天，我们在电视上，总是看见美洲荒原或者非洲荒原上的动物大迁徙的宏大场面：它们不停地奔跑着，翻过一道道山，穿过一片片戈壁滩，游过一条条河流。其间，不时遭到猛兽的袭击与追捕，或摔死于山崖，或淹死于激流。然而，任何阻拦与艰险，都不能阻挡这声势浩大、撼动人心的迁徙。前方在召唤着它们，它们只有奋蹄挺进。其实，人类的祖先也在这迁徙中度过了漫长的光阴。

后来，人类有了家。然而，先前的习性与欲望依然没有改变。人还得离家，甚至是远行。

外面有一个广阔无垠的世界。这个世界充满艰辛，充满危险，然而又丰富多彩，新鲜刺激。外面的世界能够开阔视野，能够壮大和发展自己。它总在诱惑着人走出家门。人会在闯荡世界之中获得生命的快感或满足按捺不住的虚荣心。因此，人的内心总在呐喊：走啊走！

离家也许是出于无奈。家容不得他了，或是他容不得家了。他的心或身，抑或是心和身一起受着家的压迫。他必须走，远走高飞。因此，人类自有历史以来，便留下了无数逃离家园，结伴上路，一路风尘，一路劳顿，一路憔悴的故事。

人的眼中、心里，总有一个前方。前方的情景并不明确，朦胧如雾中之月，闪烁如水中之屑。这种不确定性，反而助长了人们对前方的幻想。前方使他们兴奋，使他们行动，使他们陷入如痴如醉的状态。他们仿佛从苍茫的前方，听到了呼唤他们前往的钟声和激动人心的鼓乐。他们不知疲倦地走着。

因此，这世界上就有了路。为了快速地走向前方并能走向更远的地方，就有了船，有了马车，有了我们眼前这辆破旧而简陋的汽车。

路连接着家与前方。人们借着路，向前流浪。自古以来，人类就喜欢流浪。当然也可以说，人类不得不流浪。流浪不仅是出于天性，也出于命运，是命运把人抛到了路上。因为，即便是许多人终身未出家门，或未远出家门，但在他们内心深处，仍然有无家可归的感觉，仍然行走在漫无尽头的路上。四野茫茫，八面空空，眼前与心中，只剩下一条通往前方的路。

人们早已发现，人生实质上是一场苦旅。坐在这辆车里的人们，将在这样一辆拥挤不堪的车里，开始他们的旅途。我们可以想象：车吼叫着，在坑洼不平的路面上颠簸，把一车人摇得东倒西歪，使人一路受着皮肉之苦。那位男子手托下巴，望着车窗外，他的眼睛里流露出一个将要开始艰难旅程的人所有的惶惑与茫然。钱钟书先生的《围城》中也出现过这种拥挤的汽车。丰子恺先生有篇散文，也是专写这种老掉牙的汽车的。他的那辆汽车在荒郊野外抛锚了，并且总是修不好。他把旅途的不安、无奈与焦躁不宁、索然无味细细地写了出来：真是一番苦旅。当然，在这天底下，在同一时间里，有许多人也许是坐在豪华的游艇上、舒适的飞机或火车上进行他们的旅行的。他们的心情就一定比在这种沙丁鱼罐头一样的车中的人们要好些吗？如果我们把这种具象化的旅行，抽象化为人生的旅途，我们不分彼此，都是苦旅者。

人的悲剧性实质，还不完全在于总想到达目的地却总不能到达目的地，而在于走向前方、到处流浪时，又时时刻刻地惦念着正在远去和久已不见的家、家园和家乡。就如同一首歌中唱的那样：回家的心思，总在心头。中国古代诗歌，有许多篇幅是交给思乡之情的："日暮乡关何处是，烟波江上使人愁。"（崔颢）"近乡情更怯，不敢问来人。"（宋之问）"还顾望旧乡，长路漫浩浩。"（《古诗十九首》）"家在梦中何日到，春生江上几人还。"（卢纶）"不知何处吹芦管，一夜征人尽望乡。"（李益）"未老莫还乡，还乡须断肠。"（韦庄）……悲剧的不可避免在于：人无法还家。更在于：即便是还了家，依然还在无家的感觉之中。那位崔颢，本可以凑足盘缠回家一趟，用不着那样伤感。然而，他深深知道，他在心中想念的那个家，只是由家的温馨与安宁构筑起来的一种抽象的感觉罢了。那个可遮风避雨的实在的家，并不能从心灵深处抹去他无家可归的感觉。他只能望着江上烟波，在心中体味一派苍凉。

坐在车上的人们，前方到底是家还是无边的旷野呢？

（摘自《读者》2008 年第 17 期）

怀念一种声音

聂鑫森

有一种声音，让中年画家弘一泓越来越怀念了。这种声音非常奇妙，有颜色，有形状，有温度，还有杂含此中的情感故事。但现在再也听不到了，准确地说是感觉不到了。

自从他搬进这个高档住宅区——世纪花园，住进其中一栋六层楼的顶层：两百平方米的建筑面积外加一个赠送的露台，他发现他和家人的生活都悬浮在远离地面的空中了。邻居彼此不打交道，朋友们因出入制度的严格而代之以电话寒暄。作为一个专业画家，他无须出门上班，于是画室几成囚室。他常常站在窗前，朝远天眺望，这时候记忆中的一种声音，便随风而来，让他心旌摇动、热泪盈眶。

他知道这种声音只存在于古城的一条小巷，只存在于他家几代居住的那个小院子、那座老屋。院子里有一棵梅子树，有两棵梧桐树，有一缸荷花，还有几畦作观赏用的韭菜。老屋为两层，砖木结构，上下呈现出一种古铜的色调。楼下有前厅堂、后厅堂、卧室、厢房、储藏间和厨房；楼上有书房、晒楼、阁楼。他的曾祖父是一位名中医，手中积蓄了足够的钱后，便置办了这处产业。以后，祖父、父亲都继其衣钵，厮守在这里。他当然也是在这里出生的，但不再悬壶济世，而是圆了一个做画家的梦。

画家的梦似乎与一种声音有关。这种声音叫作雨声。雨声从他出生和成长的方向，不断地传来。在他的记忆里，总是弥漫着一片雨雾和雨声，太阳总是见不到的。

春雨、夏雨、秋雨、冬雨。

一下雨，他爹总会站在老屋的台阶上，听着一院子的雨声，如醉如痴。然后把少不更事的他叫到身边，告诉他许多古人关于雨的诗句："夜雨剪春韭""梅子黄时雨""梧桐叶上三更雨""留得残荷听雨声"……他听不懂，但他看懂了雨声被花叶染就的绚丽颜色。

然后，他们回到厅堂里坐下来，爹说："你听——"这两个字在无数次的重复后，他的耳朵变得灵敏了：雨点先是小而密，落在薄薄的小青瓦上，叮叮咚咚，如珠玑在玉盘里乱跳；击在为采光而设的玻璃瓦上，声音尖脆，犹如琴声中的高音阶；打在木晒楼上的雨点，因晾晒衣服的脚步磨亮了楼梯地板，声音细腻而光洁；但前厅堂雕花檐板上的雨声，恰恰相反，浑厚而古朴；响在麻石台阶上的雨声，沉着而充满力度。雨越下越大，越下越密。他听见潺潺湲湲的流水声了，那声音来自高高低低的屋檐边的木笕。木笕节节相连，一直把水导到天井边；溜筒（打通的大楠竹）竖着与木笕相接，水便畅快地流入地下的阴沟。老屋的地下水道纵横交错，水声急促犹如金鼓轰鸣。

古城有句俗语："落雨天，留客天。"他记得一下雨，家里就会有客人不期而至，都是他爹的挚友。雨是请柬吗？雨声中，他们谈天道、人道、医道、艺道；或者下围棋，落子声与雨声交错而响；或者，拉起京胡，唱他们所熟悉的京戏名段，音符从雨的缝隙里穿过去，居然没有濡湿……他坐在一边，看着，听着，如梦如幻。

雨声中，他长大了，考上美术学院了；雨声中，他成家了，做了父亲……小巷、老屋和雨，成了他生命最奇诡的底色。

父母亲相继离开了人世。

下雨的日子，他也向儿子讲那些古人关于雨的诗句。

下雨的日子，他的画室总会有好友联袂而至。

春雨、夏雨、秋雨、冬雨。

突然有一天，这一大片地皮划拨给了房地产商，旧城改造成了最时尚的口号。

他怅然携家人搬进了世纪花园。

小巷没有了，老屋没有了。那个地方建起了一条商业街，广告牌和霓虹灯，点缀着白天和黑夜。只有季节不会变，下雨的日子依旧存在。但他记忆中雨的声音，没有了！

巨大的规整的水泥匣子，嵌着一个个用混凝土、玻璃和钢铁构筑的巢。雨声呈现出呆板的灰色，节奏沉闷而压抑。这不是他感觉过的雨声！每逢下雨的日子，他会觉得格外无聊。

妻子上班去了，儿子念书去了，留下他孤零零一个人。

从画室走到露台的檐下，从露台的檐下走到画室，如一匹落入陷阱的豹子，孤立无助。

给朋友打个电话吧，该说些什么？什么也不想说。

他决定，请些工匠，在露台上做一个屋顶，木屋架，盖上小青瓦，嵌上玻璃瓦。他希望找回那种声音。

露台的屋顶很快就做好了。

他还置办了一个瓷圆桌、四个鼓形瓷凳，一个烧木炭的红泥火炉，一个烧水的青陶提梁壶。

下雨的时候，他坐在这里烹茶、沏茶，静静地坐下来听雨。露台的前方是开敞的，他一抬头便看见一栋栋的高楼，整齐地排列着；所有的窗口都装着锃亮的防盗窗，窗口的后面都垂下厚厚的窗帘，害怕有人窥探自家的隐私；外墙挂满了空调的外机，像一个个难看的肿瘤……这样的背景，绝对不会生发一种古典的雨声！

他明白了，在未来的日子里，他将永恒地怀念一种雨的声音了。

又是一个下雨的日子。

他蓦地离开露台，急急走进这间静寂的画室。宽长的画案上：砚池里墨汁充盈；调好色的瓷碟一字排开；宣纸也早早铺好，四角用瓷镇纸压着。他拎起一支大斗笔，刷刷地画起来。

他希望在宣纸上画出那一片久远的雨声……

（摘自《读者》2008 年第 5 期）

祖母的呼唤

牛　汉

在一篇文章里，我说过"鼻子有记忆"的话，现在我仍确信无疑。我还认为耳朵也能记忆。具体说，耳朵深深的洞穴，天然地贮存着许多经久不灭的声音。这些声音，似乎不是心灵的忆念，更不是什么幻听，它是直接从耳朵秘密的深处飘出来的，就像从幽谷的峰峦缝隙处渗出的一滴滴叮咚作响的水，这水珠或水流永不枯竭，常常就是一条河的源头。耳朵幽深的洞穴是童年牧歌的一个源头。

我十四岁离开家乡以后，有几年十分想家，常在睡梦中被故乡的声音唤醒，有母亲急促而沉重的脚步声，有祖母深夜在炕头因胃痛发出的压抑的呻吟。几十年之后，在生命承受着不断的寂闷与苦难时，常常能听见祖母殷切的呼唤。她的呼唤似乎可以穿透几千里的风尘与云雾，越过时间的沟壑与迷障："成汉，快快回家，狼下山了！"我本姓史，成汉是我的本名。

童年时，每当黄昏，特别是冬天，天昏黑得很突然，随着田野上冷峭的风，从我们村许多家的门口，响起呼唤儿孙回家吃饭的声音。极少有男人的声音，总是母亲或祖母的声音。喊我回家的是我的祖母。祖母身体不好，在许多呼唤声中，她的声音最细最弱，但不论在河边、在树林里，还是在村里的哪个角落，我一下子就能在几十个声调不同的呼唤声中分辨出来。她的声音发颤、发抖，但并不沙哑，听起来很清晰。

有时候，我在很远很远的田野上和一群孩子逮田鼠、追兔子、用锹挖甜根苗（甘草），祖母喊出第一声，只凭感觉，我就能听见，立刻回一声："奶奶，我听见了。"挖甜根苗，常常挖到一米深，挖完后还要填起来，否则大人要追查，因为甜根苗多半长在地边上。时间耽误一会儿，祖母又喊了起来："狼下山了，狼过河了！成汉，快回来！"偶尔有几次，听到母亲急促而愤怒的呼吼："你再不回来，不准进门！"祖母的声音拉得很长，充满韧性，就像她擀的杂面条，那么细，那么有弹力。有时全村的呼唤声都停息了，只有野成性的我还没回去，祖母就焦急地一声接一声喊我，声音格外高，像扩大了几十倍，小河、树林、小草都帮着她喊。

大人们喊孩子们回家，不是没有道理。我们那一带，狼叼走孩子的事不止发生过一次。前几年，从家乡来的妹妹告诉我，我离家后，就在我们家大门口，大白天，狼就叼走一个两三岁的孩子。狼叼孩子非常狡猾，它从隐蔽的远处一颠一颠不出一点声音地跑来。据说它有一只前爪总是贴着肚皮不沾地，以保持这个趾爪的锐利，所以人们叫它"瘸腿狼"。狼奔跑时背部就像波浪似的一起一伏，远远望去，异常恐怖。它悄悄在人背后停下来，人几乎没有感觉。它像人一般站立起来，用一只前爪轻轻拍拍人的后背，人以为是熟人打招呼，一回头，狼就用那个锐利的趾爪深深刺入人的喉部。因此，祖母常常警告我："在野地走路，有谁拍你的背，千万不能回头！"

祖母最后的呼唤声，带着担忧和焦急。我听得出来，她是一边吁喘，一边使尽力气在呼唤我啊！她的脚缠得很小，个子又瘦又高，有一米七以上，走路时颤颤巍巍的，只有扶着我家的大门框才能站稳。由于她几乎天天呼唤我回家，久而久之，我家大门的一边门框，手扶着的那个部位变得光滑而发暗。祖母如果不用手扶着门框，不仅站不稳，呼唤声也无法持久。天寒地冻，为了不至于冻坏，祖母奇小的双脚不时在原地蹬踏，她站立的那地方渐渐形成两块凹处，像牛皮鼓面的中央因不断敲击而出现的斑驳痕迹。

我风风火火地一到大门口，祖母的手便离开门框扶着我的肩头。她从不骂我，至多说一句："你也不知道肚子饿！"

半个世纪来，或许是命运对我的赐予，我仍在风风雨雨的旷野上奔跑着，求索着，依我的体验写诗，跟童年时入迷地逮田鼠和兔子、挖掘甜根苗的心态异常相似。

祖母离开人世已有半个世纪之久了，但她立在家门口焦急而担忧地呼唤我的声音，仍然一声接一声地在远方飘荡着：

"成汉，快回家来，狼下山了……"

我仿佛听见了狼凄厉的嗥叫声。

由于童年时心里感受到的那种对狼的恐惧，在人生道路上跋涉时我从不回头，生怕有一个趾爪轻轻地拍我的后背。

"旷野上走路，千万不能回头！"祖母对我的这句叮咛，像警钟一样在我的心里响着。

（摘自《读者》2011年第4期）

回 声
李广田

　　我之所以不怕老祖父的竹戒尺，最喜欢跟着母亲到外祖家去，是因为要去听琴。

　　外祖父是一个花白胡须的老头子，在他的书房里有一张横琴，然而我并不喜欢这个。外祖父常像打瞌睡似的伏在他的那张横琴上，慢慢地拨弄那些琴弦，发出如苍蝇振翅般的嗡嗡声。苍蝇——多么让人腻烦的东西，叫我毫无精神，听了只是心烦，那简直如同老祖父硬逼我念古书一般。我与其听这嗡嗡声，还不如到外边的篱笆边听一片枯叶的歌子。然而我还是喜欢听琴，听那张长大无比的琴。

　　那时候我还没有一点儿地理知识。但又不知从什么人那里听说过：黄河是从西天边一座深山中流出来，如来自天上，最终黄荡荡地泻入东边的大海，而中间呢，中间就恰好从外祖家的屋后流过。这是天地间的一大奇迹，这奇迹常常让我用心思索。黄河有多长，河堤就有多长，而外祖家的房舍紧靠着堤身。这一带的居民均占有这种便宜，不但在官地上建造房屋，而且以河堤作为后墙，故从前面看去，俨然如一排土楼，从后面看去，则只能看见一排茅檐。堤前堤后均有极其整齐的官柳，一年四季都非常好看。而这道河堤，这道从西天边伸到东天边的河堤，便是我最喜欢的一张长琴：堤身即琴身，堤上的电杆木就是琴柱，电杆木上的电线就是琴弦了。

我最乐意到外祖家去，而且乐意到外祖家夜宿，就是为了听这长琴的演奏。

只要是有风的日子，就可以听到这长琴的嗡嗡声。那声音颇难比拟，人们说那像老头子哼哼，我心里却甚难苟同。尤其当深夜，特别是在冬天的夜里，睡在外祖母的床上，听着墙外的琴声简直不能入睡。冬夜的黑暗是容易使人想到许多神怪事物的，而一个小孩子就更容易遐想，这嗡嗡的琴声就做了使我遐想的序曲。我从那黄河发源地的深山，缘着琴弦，想到那黄河所倾注的大海。我猜想那山是青色的，山里有奇花异草、珍禽异兽；我猜想那海水是绿色的，海上满是小小白帆，水中满是翠藻银鳞。而我自己呢，仿佛觉得自己很轻、很轻，我就缘着那琴弦飞行。我看见那琴弦在月光中发着银光，我可以看到它们的两端，却又觉得那琴弦长到无限。我渐渐有些晕眩，在晕眩中我用一个小小的铁锤敲打那琴弦，于是琴弦就发出嗡嗡的声响。这嗡嗡的琴声直接传到我的耳里，我仿佛飞行了很远很远，最后才发觉自己仍躺在温暖的被窝里。我的想象很自然地转到外祖父身上，我又想起外祖父的横琴，想起那横琴腻人的嗡嗡声。这声音和河堤的长琴声混合起来，令我觉得非常烦乱，仿佛眼前有无数条乱丝搅在一起。我愈思愈乱，看见外祖父也变了样子，他变成一个须眉雪白的老人，连衣服也是白的，仿佛为月光所洗，浑身上下颤动着银色的波纹。我知道这已不复是外祖父，而是一个神仙，或一个妖怪，他每天夜里在河堤上敲打琴弦。我极力想把那个老人的影像同外祖父分开，然而不可能，他们总是纠缠在一起。我感到恐惧。我的恐惧却又诱惑我到月夜中去——假如趁这时一个人跑到月夜的河堤上该是怎样的情景呢？恐怖是美丽的，然而到底还是恐怖。最后连我自己也分裂为二，我的灵魂在月光下的河堤上伫立，打起寒战，而我的身子却越发地向被子里畏缩，直到蒙头裹脑地睡去为止。

来到外祖家，我总爱一个人跑到河堤上。尤其每次刚刚到来的次日早晨，不管天气多么冷，也不管河堤上的北风多么凛冽，我总愿偷偷地跑到堤上，紧紧抱住电杆木，把耳朵靠在电杆上，听那最清楚的嗡嗡声。

然而北风的寒冷总是难当的，我的手、我的脚、我的耳朵，起初是疼痛，最后是麻木，回到家里才知道已经长出冻疮，尤以脚趾肿痛得最厉害。因此，我有一整个冬季不能到外祖家去，而且也不能出门，只能闷在家里，真是寂寞极了。

"由于不能到外祖家去听琴，便这样忧愁吗？"老祖母见我郁郁不快，这样子慰问我。不经慰问倒还无事，这最知心的慰问才更加唤起我的悲哀。

祖母的慈心总是值得感激，时至今日，则可以说是值得纪念了，因为她已完结了她最平凡的，也可以说是最悲剧的一生，升到天国去了。当时，她以种种方法使我快乐，即使她所用的方法不一定能使我快乐。

她给我说故事，给我唱歌谣，给我说黄河水灾的可怕，说老祖宗兜土为山的传说，并用竹枝草叶为我制作种种玩具。亏她想得出：她把一个小瓶悬在风中叫我听琴。

老祖母从一个旧壁橱中找出这个小瓶时，小心地拂拭着瓶上的尘土，以严肃的口气告诉我："别看这小瓶不好，却是祖上的传家宝呢。我们的老祖宗——可是也不记得是哪一位了，但愿他在天上做神仙——他是一个好心肠的医生，他用他通神般的医道救活过许多生命垂危的人。他曾用许多小瓶珍藏一些灵药，而这个小白瓶就是传留下来的一个。"她一边说着，一边又显出非常惋惜的神气。我听了老祖母的话默然无语，因为我同样觉得很惋惜。我想象当年一定有无数这样大小的瓶儿，同样大，同样圆，同样是白色，同样是好看，可是现在就只剩这么一个了。那些可爱的小瓶儿分散到哪里去了呢? 而且还有那些灵药, 还有老祖宗的好医术呢? 我简直觉得可悲了。

把小白瓶拂拭洁净之后, 她笑着对我说: "你看、你看, 这样吹、这样吹。"同时她把瓶口对准自己的嘴唇吹出呜呜的鸣声。我喜欢极了, 当然她更喜欢。她教我学, 我居然也吹得响。于是她又说: "这还不足为奇, 我要把它系在高杆上, 北风一吹, 它也会呜呜地响。这就和你在河堤上听琴是一样的了。"

她继续忙着。她在几个针线筐里乱翻, 为了找寻一条结实的麻线。她用麻线系住瓶口, 又搬了一把高大的椅子, 放在一根晒衣服的高杆下面。唉, 这些事情我记得多么清楚啊! 她在椅子上摇摇晃晃的样子, 现在我想起来才觉得心惊。而且那又是在冷风之中, 她摇摇晃晃地立在椅子上, 伸直身子, 举起双手, 把小白瓶在那晒衣杆上系紧。她把那麻绳缠一匝, 又一匝, 结一个疙瘩, 又一个疙瘩, 唯恐那小瓶被风吹落, 摔碎了祖宗的宝贝。她笑着, 我也笑着, 却都不曾言语。我们只等把小瓶系牢之后就听它立刻发出呜呜的响声。老祖母把一条长麻线完全结在上边, 摇摇晃晃地从椅子上下来时, 我看出她的疲乏, 听出了她的喘气声, 然而那个小瓶, 在风中却没有一点声息。

我同老祖母都仰着脸望那风中的瓶儿, 两个人心中均觉得黯然, 然而老祖母却还在安慰我: "好孩子, 不必发愁, 今天风太小, 几时刮大风, 一定可以听到呜呜响了。"

过了许多日子, 也刮过好多次老北风, 然而那小白瓶还是没有一点儿动静, 不发出一点儿声息。

现在我每逢走过电杆木, 听见电杆木发出嗡嗡声时, 就很自然地想起这些。外祖家已经衰落不堪, 只剩下孤儿寡母——一个舅母和一个表弟, 在赤贫中过困苦日子, 我的老祖父和祖母也都去世多年了。

(摘自华夏出版社《圈外》一书)

致　谢

　　早春三月,北国大地上虽然还没有呈现出"春暖花开,柳絮飘飞"的景象,但晨曦中南来北往的沸腾人流却能让人感觉到春潮的阵阵涌动。新的生活就在此间迸发,返校、返城、返队、返程的人们怀揣着新的梦想,迈开新的步伐,向着明媚的春天出发。而此刻的我们也正是这沸腾人流中的一员,开启了我们新的征程。

　　今年我们将喜迎共和国的70华诞。这是一个让人感受温暖与幸福的时刻,作为一名出版人,从去年开始我们就想以出版人的独特方式来表达对伟大祖国的真诚赞美和衷心祝福,为此特意策划了《读者丛书·国家记忆读本》。这是继《社会主义核心价值观读本》《中国梦读本》成功出版发行之后,甘肃人民出版社策划的第三辑"读者丛书"。丛书以时代为主线,以与人民最密切相关的衣食住行等生活变迁为切入点,以朴素而温情的独特记忆去回望和见证共和国 70 年的历史风云、发展变迁,让读者既能重温共和国成立初期虽然物质匮乏但理想崇高的激情岁月,又能感受到改革开放的春天到来以后,祖国大地生机盎然、蓬勃向上的巨大变化,更能体会到新时代以来追梦路上人民的新气象和新面貌。

和以往出版的两辑读者丛书一样,《国家记忆读本》在策划、编辑出版过程中,得到了中共甘肃省委宣传部、甘肃省新闻出版局以及读者出版集团、读者杂志社等多方的指导和帮助,在此深表谢意!与此同时,丛书的编选也得到了绝大多数作者的理解和支持,他们对作品的授权选编和对丛书的一致认可使我们消除了后顾之忧,对此我们表示诚挚的谢意!虽然我们尽力想把工作做得更细致更扎实些,但因为种种原因依然未能联系到部分作者,对此我们深表歉意,也请这些作者见到图书后与我们联系。我们的联系方式是:甘肃人民出版社(甘肃省兰州市读者大道 568 号,730030,联系人:肖林霞,13893138071)。

在这春潮涌动、春天的脚步越来越近的时刻,《读者丛书·国家记忆读本》的出版发行,既是我们送给祖国母亲 70 华诞的一份献礼,也是我们出版人和读者人的一份责任与担当。我们带着对祖国母亲的祝福在新的一年里出发,追寻更加精彩纷呈的人生,迎接春的到来!

读者丛书编辑组

2019 年 3 月